放风

狗子
著

中国友谊出版公司

图书在版编目（CIP）数据

放风 / 狗子著. -- 北京 ：中国友谊出版公司，2020.6

ISBN 978-7-5057-4899-6

Ⅰ. ①放… Ⅱ. ①狗… Ⅲ. ①散文集－中国－当代 Ⅳ. ①I267

中国版本图书馆CIP数据核字(2020)第076800号

书名 放风

作者 狗子

出版 中国友谊出版公司

发行 中国友谊出版公司

经销 新华书店

印刷 唐山富达印务有限公司

规格 880×1230毫米 32开

7.75印张 120千字

版次 2020年11月第1版

印次 2020年11月第1次印刷

书号 ISBN 978-7-5057-4899-6

定价 39.80元

地址 北京市朝阳区西坝河南里17号楼

邮编 100028

电话 （010）64678009

目录

CONTENTS

青岛一晕

跟南京的顾前、曹寇等人约好了，周五青岛碰头。此行目的就是青岛鲜啤。稍敏感的人或许已察觉到了，这二位的名字有点怪，对，跟本人的“狗子”一样，都是笔名。随着年龄的增长，我们都或多或少后悔自己年轻时的自作主张，但改回原名似乎就更不对了……不再折腾了，将错就错吧，反正都是误投尘世，误打误撞……好在还有酒。而且，在这炎热的夏天，我们还能从异地会聚海边喝青岛啤酒，说明我们误打误撞得也还凑合，或者说已经相当不错啦！

周五中午，与同去的小平和他女朋友甜甜约在北京南站见。小平早年也在南京混，跟顾前、曹寇都熟，这些年在北京“发展”。事实证明，只要不是被毁掉，北京的机会还是多。去年，小平凭着他多年前在南京写的小说又是出书又是得奖，一时捷报频传，搞得他自己都有点匪夷所思。有必要说一下，小平是外号，他发表作品是用他的本名：赵志明。

在车上跟小平闲聊了会儿，甜甜支着 iPad 看电影，我以极慢的速度喝着小平从家里带来的喜力啤酒，我们聊的内容主要围绕小平曾在住处与室友搞过一年的“私房菜”。我曾去过两次，印象中是一桌 1000 元，鸡鸭鱼肉酒水管够，他说多少能挣点生活费，但因为朋友的朋友的朋友保不齐谁酒后闹个事，自己不是开饭馆的，碰着这种事又不能报警，很麻烦，只能干受着。当然更重要的是，这一天到头就是喝酒、醒酒、做饭，再喝酒、再醒酒、再做饭，唯一穿插的其他活动是跟来吃饭喝酒的朋友打牌，好在他和室友的牌技尚可，但有时候赢多了也不好意思。总之，这么吃喝玩乐了一年，实在顶不住了，遂罢手。

差不多快一小时我喝完了那听喜力啤酒。我说困了，于是出溜在椅子上睡去。

醒来已过济南，小平和甜甜仍在盯着 iPad 看电影，甜甜也在喝喜力啤酒并不时笑出声，大概是喜剧片。小平脸上挂着笑，但又很平静，偶尔会分析一下人物或剧情，像在审片。我掏出随身带着打印出来的文章，一篇是太宰治的《富岳百景》，写富士山的，一篇是织田作之助的《世相》节选，每篇都是万八千字。最近这一个月，我一直在给一家报纸写关于日本无赖派作家的专栏，否则我出门一般不看小说之类的。两篇都好，尤其是织田作之助的，我之前没看过他的东西，这位只活了34岁，被称为“肉体颓废主义先驱”的作家，只写大阪底层市民的生活。我看的那个片段是写一个三流作家在一家腌臜酒吧里听老板娘讲了个“一毛钱妓女”的故事，于是这个三流作家开始构思如何把它变成小说并幻想着一举成名。

终于到了青岛。出站，有霾，夕阳很是朦胧，好在我从来对旅游景点不抱希望，无论海边还是名山，高原还是沙漠还是什么，无论国内国外，只要是旅游景点，肯定全完。

出租车等候站排着长龙，半天才来一辆。这些年，我来青岛不下十次，碰到过这种情况。举目望去也没发现公交车站，小平跑去问一位警察，那位警察拎着手提包敞着风纪扣正一脸烦躁地奔候车室方向溜达，看样子是去乘车而非执勤，但他很耐心地给小平指点了一番如何坐公交到达我们的住处。

按警察的指示，我们在车站广场边坐上了26路。车上很空，我们仨竖排贴着车窗一人占了个单独位子。青岛朋友已在大排档等候了。南京的顾前、曹寇等人是开车来的，顾前短信说他们堵在日照了，两个小时才走了10多公里，目前离青岛还有180公里。

我们的公交车走了没多远就是海边。甜甜说，大海。小平说，是海。车下人流如织，公交车沿着海边裹挟在下班的车流里缓缓挪动。司机是个女的，我们问路，她态度很好，或者不能说仅仅是态度好。从刚才的那位警察，到这名女司机，以及我多次来青岛的经验，青岛人给我的感觉确实是从里到外的诚恳、踏实、不卑不亢，没那么多花花肠子，但也不笨。

公交车也开始堵了，顾前短信让我们先喝，我说我们也在堵车，他说那你们多堵会儿。路边有牌子写着“鲁迅公园”。甜甜说，鲁迅公园。小平顺嘴就说，鲁迅当年住过吗？我可逮着机会了，忙纠正：鲁迅从没来过青岛，当年有人邀请他来教书，他犹豫了一下拒绝了，其中一个理由是他讨厌当时住在青岛的梁实秋等文人。小平说那这儿还弄个鲁迅公园，我说我问过青岛人，忘了他们怎么说的，大概类似哪儿都有中山公园吧。

车再前行，见有“海滨浴场”的牌子。果然，从滨海公路向下看，远远可见海湾环抱的一大片沙滩上，密密麻麻全是人，在雾霾中的夕阳下，像一大片粉嫩的红蚂蚁，再形容就得吐了……公交车堵在路上一动不动，半个小时才走了三站，有的乘客站起来活动身体，我也站了会儿，我身后一个还算漂亮的姑娘在打电话，她说：“哎哟哎，也忒堵了，司机特自觉，该熄火就熄火，我估计怎么着也得……”一听就是北京姑娘。

这次，青岛招呼我们来的朋友叫亚林，他在青岛“如是书店”负责管理，据说这是山东最大的一家民营书店。几年前，亚林在北京一家图书公司干了一年，那时他经常去我家喝酒，本来在家我一个月换一箱啤酒，亚林在的那一年，差不多三天两头就得换一箱，搞得跟院里小卖部混得厮熟，亚林一走，我感觉小卖部差点倒闭。亚林媳妇说亚林评价一个人就一个标准，能喝或不能喝，至于什么品行、相貌、贫富、贵贱全不在亚林的法眼之内。此时亚林打电话过来说，我们这儿都快喝醉了。

还好，离开海边进入市区路就通了，入住宾馆放行李，我和小平、甜甜步行 10 分钟到达亚林说的街边排档。此时天已经全黑，街边便道上一溜儿全是小马扎、小方桌组成的啤酒阵，树杈间吊着的惨白色节能灯下坐满推杯换盏、兴高采烈的青岛壮汉。亚林在街边迎，他带我们在马扎、方桌间穿行，身下是一派高谈阔论、吆五喝六、欢声笑语。他们是多么忘我和投入啊！此时我丝毫没有看到海滨浴场时的恶心感，而是为即将加入身下的啤酒阵而略微激动。现在我想，其实无论海边还是街边，环境都恶，关键是酒精的力量能一举让地狱变成天堂。

亚林带我们从街面拐进居民区，大概是两个小区间的一个空场上此刻被大排档占据，亚林等人占了个大圆桌，身旁是大树，亚林说他下午四点多就来了。在座的还有青岛俩哥们儿，年轻的叫小咸，不年轻的叫王音。王音写诗兼摄影，小咸开了家叫“小咸汤面”的面馆，渐渐地，大家都管他叫小咸，真名反而没人叫了。

坐下开喝，青岛鲜啤确实好喝，尤其是在南京跟顾前喝着“金陵干”聊到青岛鲜啤时，他说那是他喝过的最好喝的啤酒，我一想，对我来说也是如此，什么德国啤酒、比利时啤酒之类的，贵不说，关键是口感不对我们胃口。王音糖尿病比较厉害，所以每次和他碰杯我俩只喝一口，跟别人都是半扎或干掉。甜甜也能喝，而且听小平说她最爱喝的就是啤酒，我跟甜甜碰了一大口。我问甜甜，好喝吗？甜甜说，甜。

这家排档有我们这样可以坐直身子的圆桌，也有贴着地面的马扎小方桌，高低错落，爆满，男男女女人声鼎沸。喝啤酒走肾是个问题，通常这种排档要么附近有公共厕所，要么有类似公厕的小树丛，但这家排档自己在街边搭了个临时厕所，还挺干净，用防水布一类做的小便池像模像样。我走完肾问小咸，这儿的女厕也这么讲究吗？小咸说女厕就一个坑，我说要是女权主义者来了还不得一把火把这儿烧了。

南京一行大概九点多到的，之前还有一个从济南单独过来的诗人叫普珉，但在青岛的这第一天，我跟他们都算匆匆一见，因为他们到了之后不久我便失忆了。后来据说还去了酒吧。那天失忆的不止我一个，至少还有普珉和曹寇，普珉干脆在酒吧沙发上睡了一夜。

次日听亚林和小咸清点战场，一帮人起码喝掉 78 斤各类啤酒，他们说，其实也不多啊。确实不算太多，我记得在北京有一次仔细核实过，一桌 10 人，七八人喝，共 102 瓶，还是 600 毫升一瓶的。

不喝酒的人可能会奇怪，一帮人从全国各地会合到一块，没聊几句，纷纷晕倒，这莫非是哪门子邪教不成？

人类对地狱的想象如此丰富，无论中外民间还是意大利的但丁，但对天堂的想象就乏善可陈了。这是不是说，在这个“苦”的人间，人类实在是没有什么素材可以被用来想象天堂？所谓酒鬼，大概就是想在人间创造天堂，可惜，我们永远都是半途而废，哪里是半途，推杯换盏间，刚有那么点上升的意思，立即坠毁——晕掉。大概是我们赖以创造的材料（酒精）太廉价了，加之我们太贪婪，天堂岂是这般就可以进入的？

作为酒鬼中的一员，我未免太美化他们了吧。所谓酒鬼，不过是被酒精带来的这种廉价欣快感左右而不能自拔罢了。

但是，什么是不廉价的欣快感呢？先苦后甜？以苦为乐？苦中作乐？

淄博一梦

在青岛，两天大酒没喝残。其实，当火车抵达淄博时——大概是刚刚在商务舱的皮沙发上半梦半醒了一会儿，我感觉刚刚好，对于即将到来的又一场大酒，这种刚刚从半残废状态恢复过来的感觉，有时比几天没喝极度清醒的状态还要到位、正点。

中午还在青岛，淄博的杰子就不断发短信（我没微信）问我想吃点什么，我说越简单越好，主要是喝，街边排档最好。他说哦了。

之所以坐商务舱，是因为我在青岛误车了，误车不是因为中午喝多了，是因为和南京朋友去的那家叫“东海香”的饭馆离火车站有点远，在座的没一个青岛人，而在我印象中，青岛没多大，所以，当离发车还有 40 多分钟时，我问饭馆服务员打车到火车站要多久？两个服务员都说，不堵车 20 到 30 分钟，我一算，得赶紧了，遂干掉杯中酒与在座的南京诸位匆匆告辞。

果然有点堵车，我在出租车上已做好改签的准备了。其实，之所以搞得这么匆忙，除了有点拿青岛这个豆包不当干粮以外，还有就是坐在酒桌上就走不动道啊。我算了算，刚才大概喝了三斤青岛原浆，所谓原浆，就是未经过滤的鲜啤，口味苦，略浑浊，换句话说，比鲜啤更鲜。赶到进站口，我那趟车在两分钟前已奔淄博而去。于是不急了。先得找厕所，此刻那几斤青岛原浆发挥效力了。我知道候车室有厕所，但我误车进不去站了啊！阳光暴晒的广场上没有厕所，售票厅也没有，于是穿过广场奔街区走，半天还是没有，此时憋了 20 多分钟了。

终于见到一座文化宫，门前熙熙攘攘，看似可以随便进出，我大摇大摆进去了，发现几级台阶上面不远处有卫生间的标识，于是拾级而上，却被一安全条和缺口处坐着的中年妇女拦住了，她在收票。确实，我前面的人都给了她一张小纸片才过去的，安全条内是礼堂入口，入口一侧就是卫生间（似乎还很宽敞干净）。我指指侧前方说，能不能上趟卫生间？中年妇女犹豫了一下说，我们在开会，要买票的。我感觉还能憋就没跟她多废话。我问，这附近哪有卫生间？她说出门左转医院就有。我扭头便走。

左转五分钟，终于找到那家医院，是一家肠道传染病医院，还好病人不多，或根本就没碰上病人，只是门口一个穿着蓝白条病号服，面如土灰坐在轮椅上晒太阳的中年男人向我投来好奇和胆怯的目光。我穿过空荡荡的挂号收费大厅，到走廊口左顾右盼，终于见到不远处的卫生间牌子，上面是个呆头呆脑又似乎气宇轩昂梳分头男人的侧面剪影。我径直而入，厕内破败，但很干净，我走到小便池前，解扣，终于痛痛快快把那泡憋了半个多小时被我吸干了养分的青岛原浆撒了出去……好久没这么痛快了！

溜达到售票厅改签，刚才在进站口问了，开车后两小时之内都可改签。改签口人不算多，排了 10 多分钟就快轮到我了，但从排在我前面旅客的遭遇来看，改签似乎不那么轻易，今天是周日，旅游旺季的返程高峰。到我了，果然，今天到淄博的所有车次都没票，我正在想怎么办，女售票员又敲了两下键盘，说只有四点多还有一张商务舱。我问多少钱？她说 256 元。我说，买吧。

就这么着，我头一回自己买票坐上了动车商务舱，上次还是去南京先锋书店参加活动时沾书店的光。但我的这张商务舱车票，实际上不止 256 元，因为我误掉的那张 89 元的二等座是小平帮我网上订的，89 元只能退到小平的支付宝上，所以，等于我从青岛到淄博花了 300 多元，似乎比到北京都贵，我懒得也不忍心细算了。这要搁平常，抠门如我，肯定心疼坏了。

但好在，大酒之后的人，都比较淡然（或说比较败家），什么似乎都看得开，容易视金钱如粪土，视人生如白驹过隙一切皆梦幻泡影之类的。我又忍不住美化酒鬼了！

在商务舱里，我摆弄了半天那具可伸缩的皮沙发，我见有些旅客大模大样将其延展成床躺在上面蒙头大睡，觉得有点过于张扬，但好不容易坐一回商务舱，又觉得应该充分利用。最终我将其调整为半长，倚躺在上面，感觉自己像枯枝败叶般轻飘飘的。我旁边是一个母亲带着她大概四五岁的女儿，小女孩磕磕巴巴不停地说话，母亲不耐烦又充满爱意地简单回复着。我心想好好睡一觉的可能性不大了，但因为我自己的孩子也差不多这么大，所以我毫无抱怨，闭目养神。大概因为毫无抱怨，倒也迷迷糊糊起来，小女孩和她妈妈的对答越来越遥远，中间她妈妈几次压低嗓音对小女孩说，小点声，叔叔在睡觉。我还有点感激。

出了淄博火车站，是傍晚六点多，我已跟杰子约好，我先去之前订好的“七天”安顿，然后与他在吃饭地点见面。也是在之前的北京，我已网上查好淄博火车站有 108 路公交直达我所住的“七天”，不太远。

108 路公交上人不多不少，车有些老旧，咣咣当当的那种，开起来声音有点大，出站时像在低吼，进站停稳时必要长叹一口气，北京或所谓一线城市十多年前大约全是这种车。

公交车驶离火车站，进入城区，感觉一下子安静了下来，天色也慢慢变暗。我拉着吊环扶手，看缓缓掠过的淄博市区，还挺干净，街道很宽，街边是梧桐树，其品相介乎南京的浓荫蔽日和半死不活之间，街道上行人车辆也是不多不少不紧不慢，有巨大的类似家乐福、沃尔玛一类的超市，也不见喧闹，像是刚下班或干脆要倒闭的样子。我感觉我的心好久没这么静了。

中途有空座，我坐了上去，没坐一站，上来一位老太太和一位大姐，老太太白发苍苍但又身手敏捷健步如飞，我起身让座，老太太看也没看我一眼一屁股坐了上去，就好像那座位本来就是空的。我依然毫无抱怨，人到了小城市，心态真是好啊。老太太坐下后便跟她身边站着的那位大姐不停地聊天，具体聊什么因为是淄博话我没太听懂。

不存在堵车，晃悠了七八站，到了我的目的地“市规划局站”。我下了车举目四望，没发现附近有“七天”那独有的黄色建筑和标志。天色越来越暗，紧随我下车的一位戴眼镜的姑娘与站牌下正等她的另一位戴眼镜姑娘热烈地聊着什么，我上去问，请问您知道这附近哪有“七天”酒店吗？两位姑娘都姿色平平，这也是让我可以心无芥蒂贸然发问的原因。紧随我下车的那位眼镜姑娘从热烈交谈中回过神来，她也举目四望了一下，然后冲我身后一指，说那边没多远就能看到。我说谢谢，转身按她指点的方向而去，没走两步，就听身后姑娘又叫了起来：“哎，哎，同志……”我又回身近前，眼镜姑娘似乎有点脸红地说："对不起，刚才说反了，是那边……"她朝我前方不远处指去，我说谢谢，谢谢啊。

果然，没走50米，就见到了"七天"标志，但我心里一直在琢磨，她在叫我同志吗？莫非我穿越到80年代了吗？但又想，彼情彼景，她应该叫我什么好呢？

我入住的这家"七天"坐落在一条安静的巷子里，不是民居的那种巷子，巷子两侧的围墙后面似乎都是政府机关，大概是周日的傍晚，暮色中高墙内的机关显得很沉寂。旅店内也是冷冷清清，从入住登记到进房间，除了前台那个微胖的女服务员，没见到其他人，楼道里也听不到其他房间传出的任何声音，而我昨天及前天在青岛住的那家旅店，楼道里永远有小孩在跑来跑去。我在房间里试了试冷热水、马桶、照明、电视，皆性能良好，不像很多小旅馆那般面子工程做尽，一旦使用起来不是这儿漏就是那儿冒。我给自己烧了壶水（预备夜里酒后回来喝），抽了根烟，感觉想拉屎又上了趟厕所，万事俱备，轻松出门奔赴酒局。

这次来淄博，主要是杰子这些年来召唤我得有10次（待我这次真的要来，杰子倒似乎有点犯蒙，在电话里一个劲问，狗哥你确定吗？我说确定）。除此之外，还有一点次要原因，是因为最近重读《聊斋》，之所以重读，是因为最近在写太宰治，太宰治在战争时期写东西受限制，于是改写各种古代故事，其中包括《聊斋》中的《黄英》和《竹青》。对我而言，淄博让我能想起来的也就是蒲松龄和他的《聊斋志异》了。重读《聊斋》，给我最强烈的感觉大约是自由和开放，感知世界以及描述世界的自由和开放，这感知和描述当然不仅仅指蒲松龄，更是指“中国古代的劳动人民”……

晚上，杰子选的那家小饭馆在一条巷子里，杰子说是典型博山菜，我说街边排档就挺好，他说我们一会儿再换。杰子高大魁梧，扎一小辫，一副摇滚范儿。我们是十多年前在泰安的一家酒吧认识的，这些年一直联系着。他是学医出身，毕业后玩摇滚组乐队折腾了几年，后来摇滚梦破灭，回老家淄博当了8年牙医（都说在美国牙医是最高大上的职业之一，但在杰子嘴里，牙医听着跟兽医差不多）。大约是血液里摇滚的基因还在，杰子受不了这份刻板乏味的工作，前两年改行去电台做起了DJ，因是临时工，每月才1000多块钱，于是又业余兼各种活动的司仪。他儿子今年8岁。

那晚在座的还有杰子的朋友小军以及小军的老婆，坐下后，我发现这个小包间坐四个人正合适。我们喝的是一种叫绿兰莎的当地啤酒，细腻爽口，但稍微有一点偏甜。我戴上老花镜验证啤酒度数，杰子听说是老花镜，说狗哥不至于吧？我说就是至于啊。杰子是1981年的，老花镜对于他可能太遥远了，但其实可能不远。啤酒度数是3.1，很淡，可以放心喝。菜比较简单，偏素，我之前跟杰子一再强调以喝为主，我反正不怎么吃，杰子大概也领会（毕竟摇滚青年出身）。我记得先上了一盘泡菜，杰子说是淄博特色，说小军自己在家也做，还有煎豆腐块、摊鸡蛋、炸春卷、炒腰花……即便如此，半夜走时，菜还是剩了一半。

开喝后不久，杰子说所谓淄博就是“淄川的博山”的简称，我问博山什么样。杰子说没这么个山，小军说有，并且有理有据，说是座小山，很多淄博人都不知道，杰子说是吗，杰子似乎不爱抬杠，而且似乎很信任小军。小军做建筑陶瓷生意，他说国内做这方面生意的主要是淄博和佛山，都是有地利之便，淄博的泥土适合做建筑用瓷砖，但这些年生意上越来越斗不过佛山。他们还说淄博本来在山东排第三，济南第一，青岛第二，淄博的车牌子就是C打头，但这些年淄博一路后退，现在估计得排第五、第六了。

我和杰子、小军用一种当地产的陶瓷小碗不停地干杯，每人的空瓶放在各自的脚下。杰子喝得最快，我第二，小军第三，杰子动不动停了手中杯对小军说，你赶赶，你赶赶。小军老婆不喝，也不插话，边吃边看支在面前的 iPad，倒也自得其乐。

那晚，我和杰子一人喝了 9 瓶半，最后一瓶是我俩对嘬的，小军大概六七瓶，小军和他老婆 10 点多先走了。我和杰子喝到快 1 点，他跟我叙述了当年摇滚梦的破灭过程。老板从来不催，我上卫生间时看到男女服务员坐在外面肆意调笑。

我一点儿没醉，杰子稍微有点高。他打车送我回“七天”，路上问了我几次要不要再喝点，或许是几日来的劳累吧，加之淄博深夜的街头冷冷清清，我说算了，不喝了，今天挺好。其实我酒后很少这么理智，唯一的解释就是，我觉得我此刻的酒意全跑到杰子身上了，搞得自己有点泄劲，有时喝酒是会这样的。

我一直睡到上午 11 点才起，这一觉睡得极好，早上起来走完肾就一直在做断断续续的梦，有女的，但不是春梦，醒来后我躺在床上还回味了半天，但现在全忘了。能记得的是那天我一个人躺在安静的“七天”大床上，纱窗外是梧桐树，附近的机关依然没什么动静，我疑心还有人上班吗？我想起了景县的周军，这位也是文青兼愤青出身，长年大酒（否则我们也不会认识）。我多次在北京的下午接到周军从景县打来的电话，开口就说“狗子听我唱一首”，于是干燥的吉他声伴着周军干燥的嗓音从手机里传来，明显中午就开喝了，我一般此时就把手机揣兜里或放一边，过会儿再听一耳朵。前不久，这位比我略小几岁的文中兼愤中（人到中年，连命名都躲不开肮脏）来北京，有一天我俩喝到半夜，我们先交流了一下这几年身体的衰败（从上到下大致是：都忘事，都不喝酒睡不好觉，都老花，我颈椎，他腰椎，我前列腺，他痛风），然后周军说过几年等孩子再大点就去南方找个小城市喝酒等死，我说好啊，如果可能，我也找个离你不远的小城一块等死……

现在想起这个情景——夜半阑珊，要打烊的小酒馆里，两个衰人一边干着杯一边静静地畅想未来——或许淄博是个不错的选择？

春天来了

是雪莱还是拜伦还是济慈的诗歌名句“冬天来了，春天还会远吗”，我一直想为它接个下句，但一直没想好，前两天回到北京，我终于接出了下句。

那天下火车已经很晚，到家门口先没上楼，想在楼下抽根烟歇会儿。那天没有雾霾，能看到清晰的月亮。我们这个小区是 20 世纪 50 年代建的，多是三层或四层的红砖楼，楼虽然老旧，但绿化得还算不错，或者说对原先的绿化破坏不严重，小区道路两侧都是生长了几十年的高大杨树，仰头看去，可以看到夜空下杨树已长出了嫩嫩的叶子，在月光下，有些发白……我想：春天来了。

春天并不是我喜欢的季节，对我来说，春天跟其他季节不同的或许是它会提醒我：时光飞逝，新的一年又来了。就像当冬天来临，我可能会想：什么都没干，又一年就这么吃吃喝喝过去了。对夏天和秋天，我则没什么所谓的“人生感悟”。那个夜晚，当我在长出嫩叶的杨树下意识到春天来了的时候，当我正要感慨时光荏苒岁月匆匆人生如白驹过隙之类的时候，一个念头蹦了出来：不会又他妈要开始装修了吧？

我入住这个小区20多年了，在我的记忆里，几乎每逢春天，必是邻居们的装修季节，好像没有一年消停过。我们这个楼门总共16户，邻居们轮番上阵，今年你唱罢明年我登场，也有两三家一起大干的时候。装修的噪音从春天开始，有时会延续到夏天，秋天又是一个小高潮，到冬天大概因为实在太冷，才算安静下来。现在我发现，一年四季中，我其实是最喜欢冬天的，不为别的，单凭冬天没有装修的噪音这一点，也足够了。

当然，20多年来，我也曾在春天装修过——如果这也算装修的话——我花了10天粉刷过一遍墙壁。我不能要求邻居们都像我这般“因陋就简”地过活，但我也实在搞不明白，何以每年必有一两家都要如此热火朝天地大兴土木一番，有的住户是刚装了没两年又推倒重来一遍（发了横财？）。当然，也有的是局部改造——今年装修厕所明年又想起装修个厨房，至于那些修修补补（更换门窗吊灯之类的）更是家常便饭了，他们也太热爱生活了吧？

所以，当今年的春天来临，当我驻足在那棵刚刚长出嫩叶的杨树下，我终于为雪莱还是拜伦还是济慈的那句名诗接出了下句。虽然这个下句与季节无关且有些败兴，但这确实是积我小半辈子的经验得来，那就是：春天来了，装修又开始了。

当然，彼时我还心怀侥幸：今年能不能例外呢？20多年了，按概率说，也该有个例外产生吧？

那天晚上，因为旅途劳累，很早我便上床睡觉了。幸好我睡得早，第二天早上，我被怪兽一般的电钻声吵醒，一缕春光从窗帘的缝隙泄入室内，我看了眼闹钟：八点。我心想：春天真的来了。

杨陵啤酒花

从北京到杨陵的高铁上，已经能听到陕西口音了。车上见到一位长相酷似兵马俑的西北老人，一张梯形面孔，皮肤粗黑，腰杆笔直，穿件西服，不系扣。

这天是 10 月 3 日，早八点多北京西站发车，到杨陵是下午三点。一人出行，感觉良好。

这次我去杨陵，倘若给个确切的说法，是去参加首届“北京・杨陵啤酒花艺术节”，本人是“嘉宾”之一。除我之外的嘉宾还有：北京阿坚，山东孙民，河北景县周军及其馓子乐队，四川贾刚，沈阳程远等。这“艺术节”是因为朋友小华刚在杨陵开了家叫“啤酒花青年空间”的小酒吧，之所以在杨陵，是因为小华的姐姐在杨陵的西北农林科技大学任职，而曾在北京混迹多年的小华来这儿大概有两年了。

而这一切的总策划或叫幕后推手，无疑是阿坚。

今年年初的时候，阿坚鼓动小华在杨陵种啤酒花，为此阿坚数次赴杨陵“考察”及“指导工作”，以我对阿坚的了解或说偏见，这不过是又找了一个换地儿喝大酒的借口而已。10 多年前,阿坚攒了一帮社会闲散人员（包括鄙人）并将其命名为“后小组”，取“后现代旅行小组”之意，“后小组”成员变换不定，一直没变的组员只有阿坚一人。多年来，后小组为了换地儿喝大酒而立的“项目”不下几十，比如骑三轮跨省行，比如在三省交界轮滑、赤足、不说话、絮叨，比如以飞镖扎地图，打哪儿去哪儿（当然是中国地图，而且是专挑那几个地形险恶的省份）。最近这两年阿坚的旨趣似乎有从无厘头的后现代回归充满人文关怀的现代之倾向，比如去大凉山考察麻风病村，去云贵川考察早期基督教、天主教在中国的传播，去西北追怀“同治回变”，去各地著名或不著名的劳改场、监狱以痛饮的方式痛定思痛，等等。

一般来说，每逢年关，阿坚都喜欢总结去年展望明年，这样的总结与展望也是那一段阿坚以酒会友的强硬借口。这时间段一般从 11 月底到次年春节过后一个月，去年春节来得晚，等阿坚的总结展望结束，恨不得已经入夏了。

今年春节正常，所以，我印象中是在隆冬季节，阿坚在“总结与展望”的酒局上有了种啤酒花的念头，并与小华一拍即合。那一段，他多次出入烂漫胡同 68 号的高利家“商量种啤酒花事宜”，我也去过两次，每次都晚到（这些年养成了赴阿坚、老弛的酒局必晚到的毛病，老弛说我是在寻求出场亮相的感觉），每次踏进高利那逼仄的小屋，都能看到高利趴在电脑前手边一听啤酒，阿坚坐在高利身后，抽着烟喝着热啤酒（是否跷着二郎腿不记得了），一字一句地拟着章程细则一类，高利时而埋头打字，时而侧耳聆听，眼镜片闪烁着电脑屏幕的反光，在阿坚字斟句酌的间歇喝一口啤酒。

之所以喝热啤酒，是因为我和阿坚的胃早就被冰镇啤酒给搞坏了。这几年的冬天，我都是只能喝加热的啤酒，因为喝凉的胃疼，而且浑身发冷。这两年的夏天，我基本也只喝常温的啤酒，冰镇的偶尔喝喝，喝多了第二天胃也会疼。有时夏天气温高达三十六七度，有的饭馆或小卖部的常温啤酒是在露天暴晒了一天的，其温度没准得有四五十度。我记得今年酷暑时节，有天傍晚我和阿坚在一个街边排档，我们坐下来要酒，并强调要常温的，服务员从饭馆门口啤酒箱里拎过来四瓶普燕，阿坚下意识地伸出大手飞快地攥了一把其中的一瓶，服务员见状（烫着了您？），有点心虚地说，打开吗？又加一句说，其实冰箱里的也不太凉，阿坚一边说打开打开，一边夸奖，哎哟，这酒好嘿！服务员没理我们。那酒喝起来确实是烫的（干脆就叫“酷暑啤”得了），正符合我和阿坚的胃口。当然，阿坚喝热啤酒主要不是因为胃疼，他是自有一套养生理论，比如凉的伤身，天越热越要喝热的才解暑，等等。

在高利家，除了可以随时打字随时发微博，一个最大优势就是可以肆无忌惮地热啤酒，不像在饭馆，热个啤酒往往得解释半天服务员才明白，有的饭馆没开水或开水跟不上还老得现烧，阿坚又属于那种不爱给人添麻烦的老年人。在高利家则可以敞开来。高利有个电磁炉，炉上那盆热气腾腾的开水里墩满了听啤，有时不小心就能听到嗞嗞嘎嘎易拉罐膨胀变形的声音，高利便一个箭步窜过去将电磁炉关掉。好像没炸过，但这样加热的啤酒得晾一会儿，不是怕烫（阿坚可以边吹边喝），是怕喷，如此滚烫的啤酒一旦拉开会像香槟那般，喷得到处都是，喷完后最多就剩半听。

总之，今年春节前，在烂漫胡同68号，阿坚完成了“杨陵啤酒花种植基地”的各项规章制度，包括募捐方式等，作为“筹委会”专职秘书，高利也大醉了若干回。这里需要说明一下，高利跟我一样，都属于喝酒搂不住的那类人，不像阿坚，阿坚代表另一类酒鬼，我总结为酒鬼里的理性派，他们能喝，量也大，但有个限度，以我的眼见，这个限度通常是白酒半斤八两，啤酒七八瓶，最上限能达到白酒1斤、啤酒10瓶，但一般到这个时候，他们便会找各种借口抽身而退；而我和高利这类，酒量其实和理性派阿坚差不多，区别是我们喝到十瓶的时候，绝不会想到要撤，而是继续喝，理性早就置之脑后，甚至感性也已碍手碍脚，所以我和高利喝酒，多数时候是直到断片儿为止。而阿坚，这么多年来，他可能就没断过片，现场晕掉我也从未见过……总之，每次开完筹委会，阿坚晃晃荡荡从破败的烂漫胡同全身而退，高利则一个人自斟自饮奔眼前一黑而去……

我这次去杨陵，还有一个目的就是见见周军。自打写完淄博之行，一直想就“等死”以及周军这个话头继续写下去，第一感就是，那一夜在北京小饭馆里我和周军这两个酒鬼衰人妄图以那样一种浪漫的方式来迎接死亡，未免想得太美了吧。然后我就想什么时候去一次景县，写一下景县之行，就一个人去，大喝两天，或头一天找个“七天”住下，先不招呼周军，一个人找个当地小馆小喝或中喝，实在控制不住现召唤也不是不行，那样会给周军带来惊喜吗？抑或其实周军平时也像我一样，并不喜欢如此这般半路杀出个外地酒鬼出现在他那即便百般无聊的日常生活中？或者我先不去，就在北京凭空想象写一篇景县之行，然后再真去，对照之后再写一篇？

就在我脑子里转着这些念头的时候，有一天傍晚，我从托管班接完孩子坐地铁回家，刚出家门口的地铁站，我的手机响了，是周军。这个季节的北京，天黑得早了，我半小时前进地铁时还夕阳刺目，现在天已黑了下来，华灯初上了。电话里，周军高昂着那副略沙哑的嗓门像在呼唤又像在自说自话：“狗哥，狗哥，我景县周军，我不明白，这一切都是为了什么？”我说哦，哦。周军又说，这一切都是为了什么？他又说，狗哥，我到家楼下了，旁边是一片空地。我说，以后尽量别中午喝。

周军说，好的，好的，好的。我正不知接着说什么，周军恰到好处又说了两声“好的”，就把电话挂了。

我略微想象了一下同样也是刚刚天黑的景县，大醉的周军在家门口面对一片空地抑制不住地嚎出这么两句“天问”，也只能如此了吧？

我拉着孩子继续奔家走，小孩在身边不时地问这问那，他正是好奇的年龄，一会儿又蹦蹦跳跳玩起了踩影子的把戏，我的挎包里还帮他背了水壶和一部分沉重的课本。大概真是上了岁数，每天到这个时辰，倘若不是奔赴酒局，疲惫的身体和心态肯定都是难免的。而赴酒局，身体不管怎么疲惫，心劲儿还是很足的，尤其是赴老弛、阿坚那几位酒友的大酒局，有时可以说就是兴冲冲的，哪怕是白天已经累瘫了拖着一副残躯……这是在写我此时此刻的心情吗？又是好几天没跟那帮人喝了……

下午三点，车到杨陵南站，下车的人不多。在站台上，感觉有点冷，我从拎包里拿出随身带的外衣穿上。拎包里是阿坚嘱咐我给小华的酒吧带的“不看的但又有点价值”的书，他说他带了一大包从陈嘉映家概搂来的陈教授看剩下的书。我遵嘱带了若干期《手稿》，曹寇他们编的一本《反常》及高星编的《狗子的饭局》，赵川和子鹏拍的两部北京喝大酒的纪录片，都是所谓的“地下出版物”。

随着三三两两的旅客出站，一眼便看到栅栏外孤零零站着三位均双手插兜目光暧昧的家伙，与其说他们像来接我的朋友，不如说更像三个便衣，他们在等待一个已经被他们手拿把攥此刻正自投罗网的罪犯。三个人是小华、周军和姚练，三人都久违了，所以我一边向他们走去一边细细打量着原本他们在我脑海中的样貌。周军率先迎了上来，并伸出两只手，我以为他要握手，刚想腾出我拎包的右手，他却一把把我手里的拎包夺了过去，原来是为了给我减轻负担。三人中姚练变化最大，他比先前瘦多了。我说，你瘦多了。姚练说，是吗？想来我跟姚练已经好几年没见了，简单说他算我的粉丝吧，几年前在北京混，后来混得不好回湖北老家了，这次特意从湖北赶来。他是 1989 年生人。周军和小华其实没什么变化，只是好久不见，加之我的脑子越来越差，很多人和事时间稍长便模糊了起来，应该是典型的老年痴呆症前兆。小华依旧是卷发加眼镜，老弛说他像霍金，确实如此；周军依旧是《茶馆》里小刘麻子的那种短发，脸颊刀削斧凿般棱角分明（我以为这刀就是酒精，斧就是文艺，有相当一路的酒鬼文化人就是这副尊容），面灰白，目光凛然又空洞，我觉得有点像安迪·沃霍尔，老弛说他像刽子手，也确实如此。在这方面，老弛的形容似乎更一针见血。

小华带着我们奔车站广场边的出租车而去，此时周军已将我那手提包肩在了背上。虽说这样让他更显得身手矫健，但我还是抑制不住对年轻一代礼貌欠缺的不满,加之没控制住的“偶像”心态作怪，我指着周军身上的提包对姚练说，你来拎你来拎，姚练就凑上去说我来我来，周军一别身子，说不用不用，姚练果然就罢了手，继续自顾自地走。我有点发急地说，姚练，你来拎，都是书，沉着呢，你年轻你来拎。姚练继续凑上去，周军见状笑着把包卸给姚练，并说，难道我不年轻吗？我说，关键你得留着点体力喝酒。周军说，我头三天连着喝大，这两天没怎么喝。我又跟小华说，这包里都是我遵阿坚的嘱咐带的书。小华说，嗨，根本没必要。我说，这就是阿坚，他认定爽的事没办法啊。

“啤酒花艺术节”五天前就开始了，此时已接近尾声，阿坚一周前就到了，以我对阿坚的了解（一向只顾自己爽），他肯定是走了，他不会等我，连喝六七天，他肯定是爽够了。果然，小华说，阿坚昨晚走的，他跟贾刚俩人喝到凌晨四点，贾刚上午走的。我问现在杨陵还有谁在。小华说程远几个人去西安了，晚上回，现在家里只有皮皮。

皮皮也是阿坚的小兄弟，几年前在北京混，这两年似乎一直跟着小华，我在北京见过皮皮几面，人非常淳朴，但有点怪，或说非常怪，曾当过兵，后因为不适应军旅生活愤然退伍，家境好像很艰辛……怎么说呢，阿坚这帮小兄弟，一个共同点，就是家境贫寒甚至凄惨，个人精神状况危机四伏，物质状况穷困潦倒，按太宰治的话说，都是天下受苦受难的人啊。有好事者高星（我们都叫他“高大师”）曾总结京城文坛有三大宗师：

大仙、杨黎、阿坚，三位都麾下弟子众多。区别是，大仙以带女弟子出名，而且都是美女，从 80 后一直到现在的 00 后；杨黎手下都是文坛新锐乃至文坛中坚，或者从其中分化出来的商界精英；阿坚的小徒弟则以失去土地的农民、下岗职工、开小差的士兵、有家不回乃至无家可归者、精神或肉体或精神兼肉体的残障者闻名，这么说的话，那还是阿宗师牛啊，麾下全是被凌辱与被损害的……

说到阿坚的“一向只顾自己爽”，这个也很复杂，首先我并不怎么期待他等我。论酒友，阿坚这路理性派在我这儿远远排在老弛、高利、周军等“断片派”之后，这点我觉得我和阿坚彼此都心知肚明；其次，阿坚的“自己爽”基本建立在朋友爽的基础上，我们这帮人里，在为朋友两肋插刀这一点上，我们都比不过阿坚。问题是，他不太知道朋友需要怎样的爽，为了朋友，他可以浑身上下插满了刀，偶尔也会解了朋友的燃眉之急。多数时候，朋友们看着浑身血刺呼啦的他并不以为意，有时还会适得其反。典型的例子就是阿坚一向以为处在婚姻或多年恋爱关系中的哥们必水深火热苦不堪言，所以对这类哥们的妻子或女友他每每以乱开玩笑的方式（阿坚又不会开玩笑）劝离不劝和，搞得有的哥们当场跟他翻车甚至老死不相往来。

打车 10 多分钟就到了“啤酒花青年空间”。酒吧坐落在西北农林大学东墙外的一条小街上，也许是十一假期，小街上没什么人，天空落下几滴雨，小华说最近天气有点反常，已经半个月没见阳光了。酒吧门面上方高悬黄色横幅“第一届北京·杨凌啤酒花艺术节”，对面学校外墙上是一幅涂鸦，主要内容是拉丁文啤酒花“LUPULUS”及迈克尔·杰克逊的霹雳舞剪影。我指着横幅上的“杨凌”问小华，我说刚才就看到街面上的招牌很多都写两点水的凌，包括你这里，但车票上怎么是耳朵旁那个陵？小华说几年前一位领导讲话，认为要想发展杨陵，应该把陵墓的陵改为凌飞的凌（杨陵本指隋文帝杨广的陵墓，就在这附近。小华说应该已经被盗空了）……大概这位领导的话说到老百姓心坎上了，此吉言一出，在没有任何政令的情况下，几年下来，除了党政机关，杨陵大街小巷各种招牌上的“陵”被越来越多的“凌”取而代之了……

酒吧三四十平方米的样子，不小不大，设施朴素，有些凌乱，大约是这几天折腾的，在一堆横七竖八的桌椅间，一个头发乱糟糟赤脚穿拖鞋的男青年披着床白色棉被。他正蹲在地上盯着面前椅子上的笔记本电脑，见我们进来，只投来淡淡的一瞥，他就是皮皮。确实天气阴冷。之后有一天，沈阳来的程远面对赤足披棉被的皮皮谆谆教导，我跟你唆（说）啊皮皮，要保暖关键似（是）脚！皮皮裹了裹身上的棉被说，是嘛。皮皮西北人，西北人爱说是嘛，这词意思不定，要看环境和前后语，可以是肯定，可以是敷衍，可以是夸奖，也可以是不服甚至动粗前的信号……

小华说酒吧楼上有房间可以住，也可以在旁边住小旅馆，我说我先看看。于是随小华上楼，楼上有三间房，小华和皮皮一间，程远一间，还有一间是阿坚刚住过的正好空了下来，我进去转了转，一间空屋，地当间稍靠窗的位置横躺一张单人床，床上是鼓鼓囊囊的褥子和半敞的睡袋，没有窗帘，阴沉的天光映射进来，此外屋内还有一根松松垮垮的晾衣绳，绳上空空荡荡连个衣架也没有。我把半敞着的睡袋合上，有心想再掖一掖，终于还是没有。像是怕惊醒已经离去的阿坚一般，我轻声对小华说我还是住小旅馆吧。

小华带我出了酒吧，隔壁十米远就是一家私人旅馆，小华说再远点条件稍好，周军两天前说想一个人安静安静自己住过去。我说先看看这家吧。是一个带天井的小院，一层房东住，二三层出租，院内有几株高大茁壮的竹子直插天空。房东老太太带我看了房，我觉得没问题，房间不大但干净整齐，一床一桌带电视，公共卫生间。我问房价，老太太看了眼小华说你们常来，就算三十一块五吧。我说怎么还有整有零，老太太说打了折的。我交给老太太 100 元，我说正好我住三天，老太太给了我房间钥匙，说钥匙押金五块，走时退你，我说那就算正好，老太太说好的。

出了小旅馆的院儿回酒吧，打算开喝。小华小声跟我说，你没觉得老太太有什么特别吗？我说没有啊，挺干净一老太太，像是还有点文化。小华又说这老太太养了只刺猬，总丢，总四处找，来酒吧找过好几回。我说找到了吗？小华说我们从来也没见过那只刺猬，又说，有一次老太太来酒吧找刺猬。当然是没找到，临走时看了眼小华，说，小伙子，你长得好像我那刺猬……于是我也看了眼戴着高度近视镜满头卷发的小华，我说嗯，有点意思，刺猬可是中国民间四大灵物之一啊，猫、蛇、刺猬，还有什么来着，黄鼠狼还是狐狸？我心说这老太太的眼光没准是另一路的一针见血，抑或有了什么神通的火眼金睛，一眼便认出了小华的原形……

不到五点，几个人坐在酒吧里开喝，桌上一个空啤酒扎里装满了干燥之后淡黄色的啤酒花。周军端上来两三盘他刚整的凉菜，具体我忘了，总之是拍黄瓜、豆腐丝、花生米一类，这对我和阿坚来说已是富富有余了，我猜周军也是这路子。这些年来，我和阿坚、孙民还有亚林，多少次在小饭馆里就着一两盘凉菜开喝，喝晕了阿坚还经常让早已眉头紧锁的服务员“喝五送一”，更有多次是坐在小卖部门口的小板凳或台阶上就着花生米开喝，一般坐台阶上阿坚会管小卖部要纸壳贝儿垫在屁股下以免受凉，多年来阿坚的修身养性就体现在诸如此类的细枝末节上，阿坚有诸多类似的养生秘籍，比如撒尿时咬牙屏气可以护肾，吃羊肝可以明目，吃烤串时特意嘱咐伙计把馒头片烤煳点吃了养胃……包括喝热啤酒——这个几乎就是十全大补了吧；我喝高兴了通常会买万宝路、芙蓉王一类平时不抽的好烟；亚林喝着喝着会乱买小卖部墙上挂着的各种长年无人问津落满灰尘的垃圾食品，包括各种鸡腿鸡爪、鸭腿鸭脖以及豆制品做的羊肉串、鸡肉串、牛板筋，甚至美国龙虾，这类吃食经过大量食盐、香精、色素等食品添加剂的炮制，将咸的口味和硬的口感推到极致，我估计空口吃肯定上头，但对于痛饮啤酒来说，相比什么韩国炸鸡、英国炸鱼炸薯条，这才是正宗佐食呢……

那天跟周军聊了聊，基本是我问他，他说他年轻时“跟王朔一样”当了四年海军，后来退伍接他爹的班在银行看金库，后来某次在饭馆喝多了，在单位执勤时别在腰里的手枪不知怎么从裤腿里出溜到地上，饭馆里的食客们像发现了炸弹一样旋风般纷纷后撤躲避，瞬间旋风中心只剩下周军及地上的枪……因为这一事件的恶劣影响，周军被调换到银行的另一个闲职，直到如今。女儿大一了，在家不许他弹琴唱歌。这之间我猜他的星座，结果我三次都没猜对，我干掉一扎。他是狮子座，虽说狮子座相对难猜（特征较不明显），但也说明我对周军太不了解了。后来周军找了个什么机会又回敬我一扎。那天大概喝到快九点，周军刚开始唱歌，程远一行风尘仆仆从西安回来了。于是大家换到街上小饭馆继续，我很快断片了，直到半夜只剩我和周军两个人在街头，我的记忆又恢复了。

周军是坐的次日上午的火车，下午时周军说他女儿难得十一假期回家，他为了等我已耗掉了几天，明天回去还能跟那个不让他弹琴唱歌的女儿待一天。在半夜的杨陵街头，周军提议我俩找地儿接着喝，我说你明儿行吗，他说大不了不走了，又说要不咱们喝到天亮他直接上车。所幸的是，出租车司机告诉我们，此时已没有开门的饭馆或夜市排档，看来，杨陵还没杨凌。

说到周军当过海军，我后来恍然明白过来周军在火车站接我时抢我手中提包的举动了。这应该是当兵留下的遗风吧，我印象中我军在接送战友时就是这么抢着拎包扛行李的……

第二天，周军正常走掉了，估计是在家边陪女儿边缓了一天。到第三天晚上，周军从景县打来电话，听背景声肯定是在饭馆里，我们一帮人也在杨陵的街边小馆里，在座的轮流跟周军在电话里每人干掉一杯，我也如此。我说周军我干了，周军说我也干了，舍此别无他言。

此后的两天，自然是天天大酒，但我每天都睡到中午才起，起来喝茶，抽烟，上厕所，洗漱，待到出门下楼，已然是完全恢复过来的感觉。这么多年来，只要是出门在外，我的睡眠质量比之在北京都有本质的提高，无论是在火车上，还是朋友家，还是高中低档各种旅馆，我都可以睡透了或说完全睡到自然醒，哪怕是嘈杂的环境，哪怕被吵醒也可以接茬再睡，这似乎从另一角度印证了我那浪迹天涯的人生理想并非空穴来风……

在杨陵，还值得一提的是，我逛了西北农林大的校园；在啤酒花青年空间边喝边聊了两个多小时的太宰治；农林大门口是 1 路公交车总站，我从头到尾来回坐了一趟，印象深的是杨陵到处都在修路，似乎非要凌一把的架势；听从山东赶过来的孙民讲了近两小时的《荣格自传》，孙民说按荣格的说法，心理问题大概是现代人特有的问题，古代人心理健康着呢，又说自我治疗很重要，尤其在当代……

临走的那天上午，房东老太太的怪异终于发作了，我在睡梦中听见她在一楼的哭号和叫骂声从天井传到我住的三楼，具体叫骂什么听不太清，只能说其哭号撕心裂肺，叫骂铿锵有力……我估计老太太发作了有半小时才消停下来，我重又睡去，那天我一直睡到快一点才起来。

我在小旅馆的第一天中午起来，曾经试图看电视，但发现一片雪花，丁点信号没有，我下楼问老太太，老太太说所有房间的电视都是这样，没通信号，也就是说这家小旅馆的电视只是个摆设，大概老太太也意识到我入住时她并没提电视的事，所以她的神态稍显歉疚，我倒没介意。这些年来，我对于没手机没电视没广播的环境完全适应（当然最多也就是几个小时），有时甚至会有一种异样的通透感，我不想说什么“回到内心”之类的，不是忌讳这套俗嗑儿，是真没觉着自己有什么“内心”，“内心”在哪儿？甚至也害怕有？难道就这么一个人安安静静地“回到”没心没肺不好吗？

在这个人们以各种电子信号互相联结的时代，没了手机、电视、收音机，似乎一下子就可以独处了，甚至是一种与世隔绝的独处，这应该也算是一种间歇性闭关了吧（难道这种间歇性对我还不足够吗？），我曾经叫嚷了多年并身体力行流窜全国各地孜孜以求的“闭关”，如今竟变得如此便捷，可以说随时随地就能做到，手指一按就能做到，单此一点，我们就应该歌颂这个时代了吧。

在杨陵的那三天，我每天醒来以后，就都这么“闭关”一阵。我的手机非智能，且经常处于关机状态。小院很安静，大概除我之外，还有两三家房客，都是男女青年学生，我偶尔见到，他们都很安静，似乎还透着那么点小心翼翼，我见到他们安安静静地刷牙洗脸，安安静静地出门，或买了什么吃食安安静静地上楼，回房间。

我到杨陵的第二天，开始有了淡淡的阳光。我醒来坐在三楼房间门口的凳子上喝茶，凳子是我从自己房间搬出来的，天井里那几株粗壮的竹子刚好窜到我面前不远的栏杆外，阳光映射在青绿的竹叶上。我有时会抽一支烟，烟是好烟，芙蓉王，是程远在酒桌上一人一包散的，那几天，我都抽这个。临走那天的中午，下起了小雨，我看着雨滴落在竹叶上，再一滴滴滑下去……我在想，又要回到那个北京了……

那天，我去楼下退房时大概快下午三点了，见房东老太太正一个人安安静静在堂屋里吃饭，大概是上午哭累了刚缓过来，也大概是都发泄出去了，正一个人自己款待自己呢。但见方桌上摆着四菜一汤的样子，还有瓶白酒，蓝色瓷瓶，但老太太没喝酒，正就着菜吃小碗里的米饭。我说走了，退房吧，老太太抹抹嘴，口齿含糊但却精神饱满地说，噢，你等等啊，边说边起身掀帘进了里屋，片刻出来，手里拈着五块钱递给我说，钥匙押金……她神态自若，目光似乎还很清澈，这完全是一个干干净净办事细致利落的房东老太太啊，是因为她刚刚通过上午的那通哭号叫骂完成了一次彻底的自我治疗吗？但愿如此吧。

在杨陵的三天就是这样：大酒、胡说八道、遛弯、睡觉、闭关（还顺带格了竹子）……

没去啤酒花基地，我跟小华提过一次，他似乎热情不高（我就更不高了），他说有点远，而且，几乎荒了。之前在北京的大半年时间里，我断断续续从阿坚嘴里听到关于杨陵啤酒花的长势，播种那会儿阿坚说小华“引进”的是美国还是欧洲的啤酒花品种，初夏时阿坚说杨陵啤酒花长势喜人，后来又说和孙民去郊区爬山见到有野生啤酒花，他们采了不少，再后来有阵子没见，再见，阿坚说，不好！遇着大旱了，说小华正跟工人一起每天下地浇水抗旱救灾呢……然后就是“几乎荒了”，而啤酒花青年空间桌上的那扎啤酒花是孙民从北京西山采来的……

外省青年

现在想来，我在去杨陵之前以及在杨陵那三天，对姚练的态度有时相当傲慢，简直就是"见着怂人压不住火"的小人嘴脸。

去杨陵的头两三天，姚练就给我来过两三次电话，一是确认我是否去杨陵，几号到几号走；二是说他也去，去的主要目的是"咱儿俩人儿好好儿聊聊儿"（姚练在北京那两年学了一口老舍所谓的南方北京话）。当年我也确实跟姚练阴差阳错地单聊过两三次所谓人生……我记着我在去杨陵前那几次电话里不知怎么就没好气起来，先是责怪他这两三次来电用的手机号码均不一样，害得我存了一个再删掉，再存了一个再删掉，这之前我手机丢过，而且很久没跟姚练联系过，我在电话里大声说你到底用哪个号码，能不能给我一个固定的？！姚练跟我解释了半天他手机没电了用朋友手机打的等等，我没听明白也很不耐烦，继而近乎以警告的口气告诉他：去杨陵可以，但别给人家添麻烦，来回车票及住宿一定要自己解决！姚练说，当然狗儿哥，那当然。

然后就是在杨陵接站时我让他替周军拎包，这个我倒觉得我没什么错，但态度还是倨傲，还真把自己当偶像和人生导师啦，难道说，鄙人已经混到这份儿上了？即便如此（真的偶像了、导师了），您不这副指手画脚的嘴脸不行吗？比如看在眼里一声叹息一笑而过……我是不是对自己要求太高了？

当年在北京，我和姚练应该是先在微博上接触并互留了电话，从微博上我看不出他是男是女，后来他主动给我发了若干短信，从内容和口气上感觉他是个女的，所以我大概回复得也很耐心也许还温柔，所谓抑制不住地犯骚，这大概是很多男人的一个通病，即对于未曾谋面的女性，总能唤起他们的非分之想，这样的非分之想通常不会疯狂到直接把对方幻想成一位美女，但总觉得应该是个长相中等的女性，而且总觉得对方虽然中等但应该有什么独特的吸引人之处，这种独特往往跟此男喜好直接挂钩，比如对我来说可能会想她也许身材很好，或细手细脚？或声音性感气质醉人？或毫无特色什么都不行，但也得是相貌平平不能令人作呕？再次一等，即便长得有点惨不忍睹（只能有一点啊）但却是个女大款而且就喜欢往你头上砸钱呢？这已经有点疯狂了啊，于是赶快往回拉，一个理智的声音告诉你：她很可能是个身材臃肿长相龇牙咧嘴到令人发指且身无分文靠干粗活打零工勉强糊口且精神有点不正常的文艺女青年！否则她也不会这般寂寞难耐上杆子跟你搭讪，你有什么呀？但通常这样理智的声音总是占不了上风，总觉着理智的提醒乃小概率情形，自己没这么倒霉……

当然,以上是我对这样的“非分之想”挖掘了一番的言论，现实中，这样的想法通常不会生根发芽乃至枝繁叶茂（初恋男孩除外），它只是隐隐地存在此类男人的心里，偶尔蠢蠢欲动几下而已。应该说，当时我对未曾谋面的姚练连蠢蠢欲动也谈不上，我毕竟还不能确定他是男是女，但我感觉他可能是个女的，只要有此感觉，我以上的分析就已经成立了，哪怕当事人自己毫无察觉。

我跟姚练第一次见面是在我家附近的麦当劳。那是个周六或周日，我例行在麦当劳带孩子边吃边玩，下午姚练发短信给我说晚上有空坐坐，我说我带着孩子，你可来我家附近，我详细告诉了他 / 她地址及公交路线。大约姚练快到的时候，高大师来电说一会儿在他家楼下有个饭局，我说我带个朋友过去，高大师说没问题。

我跟小孩在麦当劳靠窗的位置坐等，我给小孩要了饮料还是冰淇淋我忘了。因为一会儿有高大师的饭局，我的心基本踏实下来，无论怎么说，单独见陌生人对我来说还是有点怵头，至少兴趣不大。现在好了，无论是美女还是中女还是丑女还是男的还是随便什么妖魔鬼怪，一会儿扔到酒桌上就是了，身处朋友们中间，我将进退自如……我的手机不断收到姚练的短信，他 / 她随时告知我他 / 她迫近我的位置，我也以短信随时确认或纠正他 / 她的行进路线直到“对对对还有 50 米”……片刻，便看到麦当劳门内立着一位手拎超市塑料袋东张西望的大男孩，明显我那将姚练想象成女孩的心理定式让我忽略了所有进门的男性，以至于我没发现他是怎么进来的，但我花了不到 0.01 秒便反应过来并向姚练挥起了手……我的心也彻底踏实了下来。

姚练给我的第一印象就是一个普普通通的大男孩，目光介乎炯炯有神和直勾勾之间，上唇留有没及时剃干净的软软的稀疏胡须——直到今天大约也还是这个形象，只不过现在他更瘦了。那天姚练给我带了一塑料袋的礼物，有一辆小孩玩具车等都算正常，有点怪的是还有一双地摊卖的那种塑料足底按摩拖鞋，蓝色的，脚踩在布满塑料小疙瘩的拖鞋里扎扎的那种，我后来穿过几回。我当时就问他，怎么想起送这个？姚练特别不卑不亢入情入理地回答：让您多保养身体啊。我心中除了无语还是无语，嘴里说，谢谢，谢谢啊。

那天，在酒桌上，姚练正常，他话不多，但也不沉默，总体劲头就是不卑不亢。大概平时伙食不好，记得他能吃，专为他点了辣的（他说他们老家那边好吃辣）以及不止一碗米饭，他埋头狼吞虎咽的时候，目光就只剩直勾勾了，大概人在满足本能的时候都是这样的眼神吧。姚练酒量不行，三四瓶就趴桌上了，直到我们结束，他正好醒来，印象中是一个人正常走掉的。

记得在麦当劳的时候，我问姚练你这名字是什么意思呢？姚练说听他爸说是取“谁持彩练当空舞”中的那个“练”字，我问这个当然并非单纯因为好奇，还有一个原因就是这名字太中性化甚至有点偏女性化，而且姓姚，现在回想那阵子每次看到姚练的私信或短信，我大概总爱往姚晨那儿靠，而完完全全忽略了姚明！当然，这个心理我没跟他说。

姚练在北京那两年，我们见得并不多，仔细一想，主要原因就是他酒量不行。我的所有朋友里面，见得最多的，无疑都是能喝的，掉过来说，也只有能喝的才需要不断见面，这是一种本能的需要，甚至可以达到“一日不见如隔三秋”的地步（我怀疑这句话原本就是酒鬼的自谓）。不喝酒的人之间，即便是再好的朋友，动不动就见面腻着，肯定受不了，我确实也没见过这路的。看来，越是来自本能的肉体需求越容易让人腻在一起，正所谓“小人之交甜如醴”。是这样吗？

姚练那两年在北京给我印象最深的一件事是有一次他请阿坚等人喝酒。姚练是那种自己不能喝但口头上老提议“喝点”的人，他大概是简简单单把这当成一句邀请人来玩的客气话而已，没想到有一天中午阿坚就带着他的几位丐帮小兄弟扑姚练“喝点”去了。

这件事我当时不在场。姚练让我去他那里“喝点”不下一次，都被我推了。这几年，在北京，对于酒局，我的推脱应该是越来越坚决，我那喝大酒的热情依然没变，理智上对于喝大酒的否定也没变，变化的大概就是我的客观环境吧，说白了就是带孩子限制了我。再说，我深知姚练那“喝点”的意思，他不能喝还在其次，我可以自己喝，关键是，我想不出我和姚练能聊什么。那一阵，我和姚练或单独或乱哄哄地接触过几次，我不能说他无趣，但总的感觉就是个大男孩，而且是很犟的大男孩（我没记错应该是金牛座），交流起来互相都觉着对方有点不着调那种。

简单说，那天阿坚他们在姚练的住处喝了一箱啤酒，24瓶普通燕京啤酒，是阿坚他们扛上去的还是姚练提前换的不可考了，可考的是那天这帮人的下酒菜就是一张煎饼。

姚练那时住在近郊的一个单元房里，是那种三室一厅被隔成十小间那种，姚练住其中之一，有个厨房但没人开伙所以就是没厨房。平常姚练饿了就到楼下随便吃点，那一段姚练觉着楼下的煎饼很好吃（他在南方长大从没吃过北方煎饼），那几天无论早中晚只要饿了就到楼下吃个煎饼。

姚练租住的单元房里一进门有个客厅，与其说是客厅，实际上也是房东打算出租但没租出去的一间，所以客厅里只有一张单人光板床和一把椅子，阿坚他们对此不能说习以为常至少是见怪不怪甚至多少以此为美（这才波希米亚呢），所以哥几个或坐或站围着光板床很快就喝了起来。时值中午，姚练说我饿了下楼吃个煎饼，你们谁要？丐帮兄弟们你看看我我看看你，再一齐看帮主，阿坚说，煎饼就算了，于是众兄弟皆摇头说不用不用！跟阿坚一样，一是有酒就行，二是大家心里都认定姚练会带些凉菜哪怕花生米一类的上来。结果，姚练在楼下吃完自己的煎饼，本来抹抹嘴就想上楼了，忽然觉得这么美味的食品应该让远道而来的阿坚等人尝尝，于是他又让人家摊了一张大模大样拎了回去。

据说那天阿坚他们就这么空腹把那箱啤酒干掉了，并且还玩了色子。平常在酒桌上，玩色子的规矩是谁输谁喝一杯，不能喝的吃剩菜剩饭，那天姚练那儿没杯子更没“剩菜剩饭”，只有一张煎饼，于是规矩改为谁输谁喝一瓶的五分之一（大致是一杯），不能喝的吃一小口煎饼，规矩是阿坚定的，阿坚喜欢定规矩,多年来大家也乐得（兼懒得）让他定,反正有酒就行。玩了没两圈，阿坚就后悔了，因为丐帮诸位输了都抢着喝酒，只有姚练说自己酒量不行只能吃煎饼，结果那天姚练只喝了一瓶同时又干掉了唯一一张煎饼的一大半，与平时在酒桌上作为惩罚手段的吃剩菜剩饭不同，此刻的吃煎饼完全失去了惩罚的效力反而成了奖赏，对于饿着肚子痛饮啤酒的哥几个来说，那可还真是美味啊。

以上除了姚练下楼买煎饼那段是我的演绎，其他都是阿坚跟我说的，说的时候，后悔之情依然溢于言表。

在北京的时候，姚练单独来我家吃过一次晚饭。自打青岛亚林离开北京后，我周围这帮人来我家吃喝的次数少多了，亚林在北京那一年比较特殊，他单身一人住单位，下了班倘无酒局难免百无聊赖，我们俩又能喝到一起，所以那时亚林三天两头就扑我，我给了他一把我家钥匙，有时我回家晚，小孩和孩儿妈也不在，亚林就一个人先来，买菜做饭地忙活着，有几次我进屋时菜刚上桌酒刚打开，我放下包就可开喝，我那台老旧的 CD 机里还放着亚林特别推荐并送给我的爵士乐（更是他送给自己的，因为基本只有他在才放），这种在自己家里接受别人款待的感觉……怎么说呢，主人回来了？现在想来觉得应该受宠若惊才是，当时倒没太觉得，只是感觉有点怪，有时进门见一名壮汉正在厨房埋头忙活，恍惚间觉得是不是走错门了。

姚练来我家那次，带了一瓶梅子酒，墨绿色大瓶那种，这么说来，姚练还是挺懂礼貌的，包括初次见面那回，都不空手。这种国产梅子酒，价格低廉，主要由香精色素调配而成，又甜又难喝，我中学时代刚接触酒的时候或许尝过，后来这种酒见都少见，偶尔在超市卖酒的货架底层会扫到一眼，肯定是碰都不会碰的。但，正所谓“当官的不打送礼的”，也不对，总之像我这种财迷，只要是礼物都会欣然接受，并且真心感谢。那天，我把梅子酒打开，一人先倒了半杯，我说，还真好久不喝这种酒了，我跟姚练碰杯，各自抿了一口，姚练先在嘴里很专业地品了品，然后才咽下去，说，好喝啊狗儿哥。我喝了一口，酸甜，而且喝出了香精味，一下让我想起了小时候，那时候小孩吃的好多零食以及冰棍都有这个味，完全是一口酒让我回到了“四人帮”时代。当然，公平来说，这酒也不是那么难以下咽，但我还是喝完我那半杯就改啤酒了。姚练却还一如既往地不断给自己杯中倒入那绿莹莹的液体，我跟姚练说了香精色素以及这酒度数比啤酒高，姚练不以为意，那天他喝了大半瓶，起身走的时候都有点打晃，以姚练的酒量，应该是偏多了。我记得，剩下那小半瓶梅子酒，在我家摆了有一阵子，始终想不出怎么处理，最后还是被我给扔了。

姚练是个有苦恼的青年。在北京时，印象中一开始姚练的最大苦恼是工作，就是挣得少没意思，后来是犹豫继续在北京还是回老家。他不太想回老家，他跟我说起他的家庭，从小到大父母总是在吵架，老家唯一好的就是吃住不用发愁，父母虽然吵架，但家里吃住都没问题，不像在北京，工作再没意思挣得再少也得受着，否则随时就可能流落街头了。

姚练虽说多少也算个文学青年（他在北京的几份工作都是给企业编内刊之类的），但他跟阿坚麾下的那帮小兄弟有本质不同，一是他似乎没什么文学抱负，我好像没听他提过自己也写东西；二是他肯定也不适应阿坚他们那种混不吝的（波希米亚？）生活方式，清苦一点没问题。姚练在物质上似乎要求不高，但整天喝大酒兼写点儿画点儿就觉着挺有追求了，就有了奔头——这个我估计姚练想都没想过，酒量还在其次，关键是我感觉姚练还是个想过日子的所谓正派青年吧，否则的话，以姚练那天生两瓶的酒量，练成大酒一般不是问题，这一点我有发言权。阿坚手下的弟兄里，不止一位一开始都是酒量两三瓶，后来都成了酒腻子，眼下活生生的例子就是孙民。十多年前，孙民的酒量也就是姚练的水平，现在已成了酒局上的一员悍将，更是阿坚的左膀右臂甚至救命稻草，这几年阿坚再找不到人喝酒，只要孙民在北京，阿坚肯定就心里不慌，一个电话，二位就聚在一起了。

说起酒量，阿坚本人就是后天练就的，其一是有阿坚大学同学吴沫的证词，吴沫是阿坚大学时代最要好的哥们儿之一。多年前，已身为公司老板的吴沫在酒桌上说，阿坚 80 年代在大学为了当诗人（那个年头诗人地位之高恐怕空前绝后了），除了苦练诗艺，更是笃信“功夫在诗外”，阿坚那时的“诗外”，就是喝酒和泡妞，泡妞方面，阿坚上手快，几乎是一步到位，成了当年北京高校里有名的“花匠”。其二是因为阿坚长得帅，既有忧郁气质又有死皮赖脸嬉皮笑脸那一套（没架子），更重要的是，阿坚不挑，或者说他专挑丑的，关于这一点，以我对阿坚的了解，他并非单单因为丑丫头更容易上手，他还带着点悲天悯人的情怀（我不得不这么肉麻一下了，我是真觉着他有）。总之，按阿坚自己跟我说的，大学时代以及稍后若干年，他的腰永远都是疼的，那时赴饭局，阿坚必点爆炒腰花一类的；但是酒量，按吴沫的说法，阿坚一直就没练出来，大学宿舍里阿坚是喝一杯就脸红，两杯就开始胡说八道，能喝的同学（包括吴沫）都不爱带他玩，直到认识你狗子，阿坚算是有点量了。彼时彼刻这话在我听来真不知是该高兴还是该羞愧，我当年撒酒疯有时会盘腿坐酒桌上布道“我只管往高层次上带人”，这话还真没白说，阿坚的酒量就被我带高了一两个层次吧。1998 年刚认识阿坚时，他每次最多只喝四瓶，如今，翻一番都不止了吧。除了吴沫的揭老底，阿坚酒量是后天的，我自己还有一个证据，就是根据我多年来的观察，酒量凡是后天练出来的，基本都是酒鬼里的理性派，他们有封顶，不会吐或者强忍着不吐，难得断片儿，而像我、老弛、高利这路先天酒鬼，则没封顶，吐了接茬喝，直奔断片而去或说以断片为最终目的。或许也是因为自己的这份切身经历，阿坚对于投奔他的各路年轻人，无论是否能喝，一概大酒伺候，对于天生酒量不行但还敢奔死了喝的，阿坚没准会想起自己在酒桌上的不堪往事于是另眼相看呢。那么，像姚练这种，除了让阿坚气不打一处来也就只能徒然长叹一声：朽木不可雕也！

我曾经问过姚练是否有女朋友（其实这还用问吗？），姚练说现在没有，我说以前呢？姚练跟我说了中学时代一些这方面的经历，但因为过于语焉不详（就像他说很多事情那样），我也没耐心搞明白了（就像对他的很多事情那样）。

后来，姚练终于还是回了老家。都说——至少对于文艺青年来说，在北上广深，北京的包容性最强或说最好混，我的感觉是此话不虚，但若让我坐实这个感觉，我唯一想到的就是相对于上海广州深圳来说，北京盛产阿坚这样混不吝（或更学院的叫法——波希米亚）的大混混，这帮人包容性极强，门槛极低，以阿坚为例，只要敢喝就行，就能一起玩；他们虽以老大自居但绝无地域歧视（大概他们心底觉得全中国乃至全世界都是他们的，就像阿坚几年前租住的那间传达室改成的蜗居里，最大的那面墙上恰好贴满中国和世界地图各一张，完全成了壁纸），在阿坚他们这儿固然一时看不到什么物质上成功的希望，但他们有高蹈的精神追求，至少对一部分年轻人来说这正是他们最需要的，而且在这个物欲横流的时代犹显珍贵。这份精神追求虽说经常脱离实际，但又绝对真实不虚，无一丝欺骗的成分，若有，也是老大先把自己给骗了……很难想象阿坚这种人在上海广州深圳会落得怎样的下场，人家那儿压根就不产这种人，真有这路根性的，八成要么精神病要么就是走上违法犯罪的道路吧？那么，对姚练来说，北京最鲜明突出的这点包容性，在他这儿就显得风马牛不相及了，阿坚再另类，但从古至今还就自有这么一类，竹林七贤、垮掉的一代、无赖派等（我怎么老动不动就高抬他们呢？是无知还是先见之明？），姚练显然不是这个路数，他是什么路数呢？

当年姚练还有一个苦恼，就是颈椎不好，总是疼，他说肯定是面对电脑的时间太长了，他说这话的时候，上身挺直，抬头，低头，一左，一右，缓缓活动着颈部，我好像有一两次真听到了嘎巴嘎巴的响声。我跟他说，游泳治颈椎，他说他虽然在长江边长大，但不会游泳。我又跟他说，我颈椎不好多年了，只要不是特疼，就由它去吧，他不说话，接着活动颈部。在北京，我后来见姚练的那几次，他好像次次如此，动不动就闭着眼转脖子，我心底多少有点疑惑：年纪轻轻的，有这么严重吗？写到这儿，我也像姚练当年那样活动了下自己的颈部，我也听到从我脖子内部传来的咯吱吱的声音，我进一步怀疑姚练脖子那嘎巴嘎巴的响声并不出奇。但病痛这个东西，外人是不太有发言权的，每次见他二目紧闭摇头晃脑的样子，多少都有点替他起急，次数多了，便转为气急败坏：这家伙是不是有点轴啊？

现在想来，姚练大概就是这么一个有点轴（北京话，“倔”“犟”“一根筋”的意思）的孩子。或许真是性格即命运，作为命运中一部分的病痛，轴人的病痛是否总是出现在轴上？我当年真应该给姚练这么对症下药：姚练，你的问题就出在你太轴了，什么时候你不轴了，你脖子这个轴自然就没事了！

姚练最终还是回了老家，回到长江边那座生他养他的小城，偌大的北京，还是没让姚练找到一个可以好好犯轴的营生，也许这是一个正确的选择，但愿这是一个正确的选择。

不管怎样吧，在杨陵，姚练的脖子应该是彻底好了，他没再摇头晃脑，人也更瘦更精悍了，其他没什么变化，目光还是介乎炯炯有神和直勾勾之间，或许是因为他更瘦了抑或我如此这般写了他，又感到他的目光越发直勾勾起来，莫非写一个人也能写出成见来？

太空诗会

2月17日晚，阿坚在北蜂窝路老北京炸酱面组织了一场"太空诗会"。

关于这场诗会，阿坚半个多月前就跟我打了招呼，我说一定去。多年来，阿坚很少组织酒局，但自打去年2月14日阿坚说，"应小华要求"组了个"小招去世5周年"的大局，这一年多来，阿坚打着他那帮诗歌小兄弟的名号组了若干场这样的酒局。我猜是去年"2·14"那次阿坚尝到了甜头，加之这两年圈内有钱人（主要是高大师）组局的热情低落，于是阿坚自己出马了。必须插一句，阿坚的酒局都是大家集资，或等某位喝晕到丧失理智的哥们偷偷结账，然后第二天再暗自叫苦不迭。

今年1月阿坚办了个无聊人的"《不得好死》手工诗集发

布会”，然后就是这次。无论是去外地滥喝还是在北京组局，阿坚永远保持幕后推手的角色，绝不出头，他会在各种场合宣称“应哥们儿要求”玩命撇清自己,但大家都知道是怎么回事，哥们儿哪有什么要求，有的话，也是阿坚话里话外旁敲侧击诱发使然。

去年“2·14”那次酒局阵容庞大，除了北京，还有外地哥们儿赶来。第一场散后我和景县周军等人又跟阿坚去他家楼下的咪咪香饺喝到凌晨，并睡在附近洗浴中心。次日上午，阿坚下楼把我和周军从洗浴中心拎到“巫山烤鱼”小馆接茬喝，阿坚高兴，在我和周军的全力阻拦下点了条黑乎乎的烤鱼，说“摆着”，事实上烤鱼也确实一直是摆着，基本没动，大酒之后，干不动这个。记得几杯下肚，周军又喝美了，他给在景县的老婆打电话说晚回去一天，获批后，对着电话狂亲并说媳妇儿我爱你我爱你我爱你嗯么嗯么啧啧，挂了。随着电话的挂断，周军的脸也挂了下来，像什么都没发生一般安坐桌前彬彬有礼地跟我和阿坚轮番碰杯。景县人讲礼数，碰杯时周军的杯沿儿永远要低于我和阿坚的，很多地方的人都有这个好习惯，一度我爱和他们较劲，没一次得逞，有那么一两次，他们都快给我蹲下了。在巫山烤鱼喝完酒，阿坚回家打盹，我和周军在附近找了个按摩店，按摩店拼凑了两位龇牙咧嘴的东北胖丫头权当按摩小姐，我没按，自顾自倒头力求睡会，没睡着，一直听着隔壁帘子里周军跟胖丫头磨叽；阿坚打完盹再下楼说奔老弛家楼下……身在北京，却完全像被阿坚裹挟去了外地连续大酒疲于奔命。

“太空诗会”正赶上我“戒酒一个月”的第六天。一个月，说“戒”是不是有点不配？那说“断酒”吧，当年郁达夫好像爱用这词。但对我来说，一个月不喝酒想起来确实挺难的。这么多年来，除了发烧，我每天必喝，即便头天喝大，第二天自己一个人在家也要开一瓶或一听，有几次太难受，那一瓶或一听没喝完，但似乎也得开。

那天我是带着孩子一起去的，绝无拿小孩当挡箭牌的意思。我印象中，自打小孩半岁以后，我带着他出入了无数酒局，多次喝大，且数次受到“有良知”的朋友（女性居多）批评甚至痛斥。还好,没出过什么大事。现在孩子快八岁了，他自然不喝酒，但有几次在家里闹着要去饭局，他已经知道无聊的滋味了。

“太空诗会”的主角是诗人小力，在阿坚他们那个诗歌圈，小力被称为“太空诗人”，他的诗很多貌似以外星人的视角写地球、人类、动物以及琐碎的生活，里面充斥着星球、创世、飞船、黑客、UFO、洪水、占星术、病毒、灭亡等词语和意象。这次也是他的手工诗集《给地球人书》发布会。所谓“手工诗集”就是把印厂印好的书页子自己装订成册，跟无聊人的《不得好死》一个路数。我曾问无聊人，装这么一本诗集要多长时间，他好像说得半个多小时，干熟练了会快些，但一天最多也就三五十本的产量。小力和无聊人都住宋庄。《给地球人书》的副标题叫“因为像人，我被修改成人类”。

我跟小力不熟，印象中，每次喝酒他都是缩在一个角落里不言不语，你跟他干他就干，偶尔也敬酒，稍突出的印象是每次喝到最后总有他，因为之前他的低调，所以小力给我的印象总是在散场之时突然出现，这么一说，还真有点外星人的意思。何止这个，我忽然想起，去年在陕西杨陵“猴年马月”狂欢节，有天半夜，我和子鹏按摩完回到住处，楼下小馆门口的棚子下还坐着几人，其中就有周军和小力。我们接着喝，聊了什么大多忘了，但记得一度小力谈起特斯拉，此人我也知道，堪称旷世奇才，现在的特斯拉电动汽车就是为了向他致敬而命名的。此人的传奇不多说了，此刻说的是当小力说到特斯拉研究人造闪电的事迹时，“闪电”二字刚出口，话音未落，天空一道闪电划过，接着就是电闪雷鸣，暴雨如注……

17 日那天我带着孩子七点多到的，包间里满满两桌，他们喝得正嗨，阿坚似乎已有点喝大，穿一类似车把式的那种粗布无袖“汗褟儿”，敞胸露怀僵直着上身正在仰脖往嘴里灌酒。我一直说阿坚属于后天理性派酒鬼（这路酒鬼的酒量是后天练就，喜欢不分场合不遗余力地显示自己好喝能喝，但他们喝酒有封顶，不会吐，很少断片，到点就撤），这从阿坚喝酒的姿势也能看出来，细看阿坚喝酒，架势很大，但总给人艰难的感觉，比如他会挺直上身，单臂张开，另一只手捏着酒杯仰脖往嘴里倒酒，喉结不停蠕动，挨得近能听到咕咚咕咚的声响，一杯下去，嘴唇胡子总会滴啦下几滴，不像老弛，无论坐站，说干杯就一口嘬，几乎无声无息面不改色，空杯撂下，杯中滴酒不剩，嘴角也无一丝酒痕，眼神慢的还以为他变魔术呢。

阿坚和老弛分坐两桌，我坐在老弛这桌，在座的还有小力、吴天晖、高大师、膀胱绿子等，绿子喝雪碧，我说我也喝雪碧吧。老弛得知我戒酒一个月，一时语塞，继而说，爱喝不喝，反正当前暴烈兼乖戾的酒风已然势不可当，又说，戒一个月算什么呀，有本事戒仨月，你这戒一个月分明就是晃一下，北京话叫“晃范儿”，没劲。又说，想脱胎换骨是妄想……我做好了遭灭的准备，干笑着不说话。

那天，我拿雪碧跟各位瞎干了几杯，已然是酒酣耳热之际，多数竟没注意我手里拿的是什么，也可能以为是白的，有一两位见我喝雪碧问我怎么回事，我说跟朋友打赌戒酒一个月，一位竖了下大拇指冲我点点头一饮而尽，一位嘬了下牙花子兀自摇摇头一饮而尽，我除了尴尬、不好意思，倒真没怎么想喝，是什么让我没有动摇呢？这是个问题，在这儿我一两句也说不清。

我大概 10 点离开的，其间小孩在大厅散座补寒假作业，我不停地出去陪他。像我这种能喝又不喝的主儿在酒桌上坐着委实难受，他们说的话我完全跟不上甚至听不懂，他们饱满的情绪让我不可思议……倘不是做好了充分的心理准备，我肯定是如坐针毡或干脆抱头鼠窜了。还是不行啊。

这之间，老弛几次跟阿坚叫板连干 10 杯，阿坚装听不见。

高大师面前半杯白酒，有人敬酒就抿一口，其他时候就仰靠在椅子上托着腮刷微信，一副深谋远虑未雨绸缪的架势，他完全启动了“生活在别处”模式……

吴天晖喝多了，穿上事先准备好的太空服（类似一大号面口袋改装的连体衣），戴上不知哪儿来的摩托头盔，拎着酒瓶子站在椅子上发表演讲。吴天晖的嘴在头盔里露不出来，他说的话齉声齉气谁都听不明白，反正也没人听，他举起酒瓶隔着头盔对瓶吹，第一口倒脸上了，搞得他气急败坏摘了头盔脸红脖子粗地畅饮起来……

邻桌的阿坚在往自己的头上倒酒，这也是他的惯用伎俩之一，但凡阿坚敬酒别人不喝，他有时就会逼对方跟他一起把酒倒头上或脖子里……

老弛在我旁边端坐，他不停地张罗跟不同的人对干，但自打一开始挤对完我，他始终视我为无物，偶尔面无表情瞥一眼我手中的雪碧，我仿佛能窥见他那左右不是、哭笑不得的内心……

那天，太空诗人小力坐我对面，他依旧该喝就喝来者不拒，然后坐下来依旧沉默寡言，只是我临走前他不声不响碰翻了自己手头的那杯酒，桌布洇湿了一片。这次没有异象发生，只能证明跟地球人一样，外星人喝多了手也哆嗦。

说是诗会，但并没有人念诗，除了这帮人太好酒以外，在这儿，诗歌、文学、艺术，或多或少都属于羞于启口上不得台面的事，类似隐私，这么一说，他们其实才是真心热爱文学的吧。由此也可见，阿坚不惜以“诗会”的名义组酒局，大概只能说明他寂寞无聊到不要这张老脸的地步了。

金陵饭店

最近一次去南京，是今年春节，掐指算来，距我第一次去南京，已经快30年了——我的天！我竟然、我终于活到可以这么说话的年岁了，什么词能形容我此刻的心情呢？耻辱？羞愧？万幸？感激？恐惧？悲伤？荒唐？无奈？愤怒？诸如此类，还是不形容了吧。

1987年的秋天，我大学实习被分在南京市人民广播电台，历时一个半月。那是我有生以来第一次离开北京在外地独立生活，这或许也促成了我后来总想离开北京去外地生活的一个原因——那一个半月的实习生活，至今觉得充实而美好。

最重要的是，在那一个半月里，我基本都是沉浸在写小说的乐趣甚至狂热之中，废寝记不太清了，忘食是常有的事。那时我也不太喝酒，印象中有那么几天每天只去食堂吃一顿午饭，而且就一个素菜一两米饭那种，没有吃的欲望是一回事，没钱也是一个原因。这个不得不多说两句，那个年代像我这种大学生，每月生活费（就是饭费，其他学校都包了，我实习也是住电台集体宿舍）40 元，吃饭肯定够了，买烟或偶尔喝瓶酒也没问题，但我刚到南京的头一两天，出了个小事故。我跟一起实习的一个男同学去参观一个博物馆（具体哪个忘了），我不小心碰碎了一个长方形的玻璃展柜，我大约是以肘支在了展柜上，没想到腋下哗啦一声，我和我那同学顿时傻了眼……交涉的结果是我赔给博物馆 40 元了事,现在想来,有可能是被黑了，记得就是给了一个穿制服的小伙子 40 块钱而已，没有发票收据什么的。这个事我没跟家里说，当年我们有事第一感不是找家长而是怎么瞒着家长。

再多说点，这事出在我身上而非我那同学身上也有缘由，就是我当年留着长发，破衣拉撒嬉皮打扮，行为做派自然也是懒懒散散（好听点就叫落拓不羁吧）那个路数，无论室内还是街头动不动就喜欢蹲着或席地而坐，身边但凡有可以倚靠的绝不会放过，结果，就出了这么个事故……这是否也加深了我后来对博物馆、美术馆、音乐厅等场所的排斥、反感乃至厌恶?

1987 年的秋天，位于市中心也是南京最繁华的商业区新街口的金陵饭店应该刚落成不久（如果我的记忆还靠谱的话），它不仅立马成为南京最高的地标性建筑，并且在国内建筑界也赫赫有名，其设计似乎就是出自贝聿铭之手。我现在可以肯定的是，同样出自贝聿铭之手的北京香山饭店与金陵饭店有部分风格类似，比如白色外墙黑色窗框（啰嗦一句，我一般写这类比较情绪化的文章故意不查百度）。

就是在这样一座当年南京最牛的饭店顶层的旋转餐厅（这种旋转餐厅大概也是当年南京的唯一，至少国内就不多），一位姐姐陪身无分文的我吃了顿大餐，印象中那位姐姐还相当漂亮。

我的回忆似乎显得无聊了。简单说，那是一次某大型文体活动的开幕或闭幕酒会，具体什么活动忘了，我当时是在电台总编室打杂，写短消息或校对修改通讯员稿件一类，有不少活动正式记者懒得去便把请柬甩给我们实习生，大小也算代表电台出席了，金陵饭店那次应该是我短暂实习生涯里参加的规格最高的一次活动。我之所以记得，主要不是因为规格，八成就是因为那位姐姐……还是叫姑娘吧（“姐姐”这些年被用坏了，基本成了天津话的专利）。那姑娘相当漂亮。

酒会上我和那姑娘因为公事还是什么聊得不错，酒会结束，大概是她和我刚才都喝了点，都觉得还没聊够，于是姑娘请我去顶层餐厅坐下边吃边聊。天已经黑了下来，我们面对面坐在靠窗的隔断里，看窗外脚下与今天相比灯火应该还不算璀璨的南京城缓缓移动。其实，彼时彼刻，玻璃窗内的人是感觉不到移动的（就像我们地球人从来没觉得每天都要大头朝下一回），但因为知道是旋转餐厅，我和她就都很珍视这一点，生怕错过了这一体验。我们不断地凝视脚下的窗外，她因为是南京人，还会不时提醒我注意某些有灯火闪烁的南京地标已经到我身后啦……即便如此，这一旋转体验更多还是来自 30 年后此时此刻回望中的我，而非当年……

当年，别说旋转，我大概连丝毫的浪漫冲动也没有，我可能就觉得这只是代表电台来参加的集体活动的继续。她点了红酒，吃的什么我忘了。那时，我还谈不上会喝酒，平时和哥们喝啤酒主要是因为北京的小饭馆就卖啤酒、白酒，而那时觉得白酒难喝，总觉得有股塑料味，总得就菜，得把塑料味盖过去才能下咽。那年头很多小饭馆的杯子都是那种可多次使用的硬塑料杯，半透明的杯上还印有五颜六色的图案、长江大桥什么的，无论白酒、啤酒还是饮料、茶水，都只有这一种杯子。我兀自瞎猜白酒度数高，难免溶解出部分塑料元素，这哪里是喝酒，分明是吞毒，于是对白酒便敬而远之了。多年后，这种酒杯被淘汰了，我再喝白酒，塑料味不见了，也不知这纯粹是我的心理作用还是当年我的疑心并非空穴来风。

用这种杯子喝啤酒没有塑料味，但有时能喝到漂白粉味，尤其是杯子洗得越干净，越容易喝出这个味，估计是洗杯子时漂白粉用多了加上冲洗不够，不过喝啤酒的一大特点就是可以大口畅饮，通常两满杯过后，漂白粉被彻底冲洗干净，口味恢复正常（味觉变麻木了也未可知）；有时碰到洗得不那么干净甚至油脂、麻花的杯子，喝起啤酒来倒是口感纯正，至于是否把上一位酒腻子的唾沫星子也灌了下去就听天由命了。对于酒腻子们来说，酒杯一端，天下太平，万事皆休，朗朗乾坤，百毒不侵，再大的事（其实也没什么大事）都能看开，更别说这点漂白粉、唾沫星子、牙花子了……

回到 1987 年秋天南京金陵饭店顶层的旋转餐厅。啰唆这么多，我现在能记得的就是那天我有点喝多了，大概是因为刚才酒会上的什么酒加上后来那姑娘点的红酒都比啤酒度数高，我后来就在酒桌前的空地上跳起了霹雳舞、太空步、机器人一类的，是否玩托马斯全旋记不得了，估计没有，这个我还玩不溜，那时迈克尔·杰克逊的录像带在一部分年轻人中流传，加上美国电影《霹雳舞》的公映，霹雳舞成为当年继摇滚乐之后某些以另类、先锋自居的大陆青少年的最爱和标签，多年后得知孙红雷曾在全国霹雳舞大赛中拿过名次，除了得知他是我的同龄人之外，也对他那本没什么感觉的所谓演技多少有点另眼相看了。

那年我 21 岁，除了长发、破衣拉撒，我的鞋是一双蓝色高帮回力，似乎那时已有匡威，但我一是买不起，二是内心抵制名牌。

我之所以一开始把那姑娘写作姐姐，是因为她虽然漂亮，还请我在旋转餐厅吃大餐、喝红酒，但我始终对她没有丝毫非分之想。印象中她穿了件红色风衣，长发，笑容温柔，那天从始至终我们聊的什么一个字都不记得，但从在酒会上的聊天我们彼此的身份就固定了下来。她比我大，已经上班，是社会中人；我比她小，是个学生，即便是大学实习生，那年头人还老实，“姐弟恋”这个词应该还远没有出现。其实她比我大不了几岁，也就二十五六？这年纪搁现在的我，也就是个小姑娘。年轻貌美，初入社会，城府不深，各方面都需要老家伙们（现在叫大叔）扶持、栽培、调教，最终要么辣手摧花要么引火烧身，或者既摧了花又烧了身？

一写到性，还是容易嗨。想一想，当年那个笑容温柔的红衣姑娘现在已经快六十了。我的天，岁月啊。她还在南京吗？在也别在了吧。

如今的金陵饭店，早已淹没在寸土寸金的南京市中心林立的高楼大厦之下，它早已不是南京的最高，置身于周边比它高出几倍通体玻璃幕墙的大厦脚下，它四仰八叉摊在那里匍匐着，它的副楼是个类似章鱼那种三叉建筑，白色的墙体似乎已见斑驳，一副不卑不亢或死猪不怕开水烫的架势，就看你怎么感觉了。我是感觉其气度和品质依然还在，除了早年的记忆，主要是它依然五星级，我依然住不起，我后来也再没上过它的旋转餐厅，只在它的大堂约过朋友碰头，在它的餐厅外卖窗口买过金陵大肉包。据住旁边的朋友说，金陵饭店的大肉包还是很有名的。

文字让时间固定，人生又实在是太匆匆，我这匆匆的人生中也就剩下类似的这点东西啰！或许我太自恋了，搁一般人，谁还记得这些？那他们又记住了些什么呢？比如那个红衣姑娘？打住吧。

定山寺

这次去定山寺，是因为旋覆。

旋覆写诗，或干脆说她是个诗人，不知为什么，我对“诗人”“作家”“艺术家”这些名号越来越说不出口。

早些年旋覆在北京的时候，经常跟她彻夜喝酒，她是能够跟我们彻夜喝酒的为数不多的女孩之一，这话带有男权意味，那这么说吧，她是我的一干酒友中少数几个女性之一，似乎还是有点？不管怎么说，女的能喝且贪杯的比男的少应该是不争的事实，再说，这也不是什么美事，女权主义者就别争了吧。我之所以啰唆这几句，也是因为当时跟旋覆喝酒，她不止一次指出我们在座的谁谁谁说的话又男权了，搞得我后来跟她说话多少有点小心翼翼，包括现在写到她。其实，我倒不是怕被她指为男权，我多半是觉得她太较真儿，不想我的话让她抓住辩子，那么，我是不是跟她一样较真儿呢？

我对诗歌外行，但听他们内行的意思，旋覆的诗写得好，至少听到不止一个“内行”夸奖过。我不能说对酒内行（即便真内行我也不想担这个名），但旋覆喝酒确实没得挑，能喝，敢喝，不劝人酒，但来者不拒，基本不闹酒炸，顶多就是言辞上的较真儿，或者哭泣。

一度，她在鼓楼一带胡同里住，这些年，不少北漂文青都住在这一带。我听说，一次，她和另一个也是写诗叫袁玮的姑娘喝到天亮，不知怎么就上了房顶，把早起的邻居吓了一大跳，房顶上的她俩跟脚下杂院里睡眼惺忪的邻居吵了起来，邻居报警，她俩被带到派出所；还有一次，我和旋覆还有谁喝到天亮，散的时候，她助跑几步蹭地一下纵身跃上了停在胡同墙根那一溜小轿车之中的一辆，还好，很快被同伴劝了下来，后来她说那一段凌晨的酒后总喜欢跃上停在路边的车顶上高高低低地行走，体会身轻如燕的感觉……我忘了她说报警器响没响了，总之没出过事。

又一度，她喝得身体有点吃不消，胃疼，抑郁，等等，她试图戒酒，但屡屡失败，为此还参加了 AA 戒酒会的几次活动，但戒了不长，又开始了。

前几年旋覆去了南京。到南京后，听说还是那么喝，一边吃着胃药一边喝，胃药还是我给她介绍的牌子。直到两三年前我去南京，问她那胃药还吃吗？她说现在不吃了，如果胃疼，她就默念“观世音菩萨”，过一会儿胃就不疼了，她说我劝你也念这个，无论碰到什么事。我似乎后来有意无意念过，心不诚吧，没什么效验。那会儿，她还喝酒，只是喝得少了。

再见旋覆，应该是她来北京出差，她没喝酒，说戒了，并且信佛了，同时吃素，但还抽烟，她说也想戒烟但很难。那一次我喝着酒跟她谈了大半夜的佛教、信仰、恶习等，她只喝水，听说我父亲年老体弱，还送给我她随身恰好带着的一本《地藏经》，她说念这个经对老人身体好。不孝的我，一次都没念过。

又过了没多久，听说她班也不上了，经常去南京郊区一个叫定山寺的庙里住着。我和她时不时有短信和电邮联系，我问她是真的吗？怎么样？她说是真的，很好。我有在南京的一些朋友也传过话来，说现在的旋覆，身体和精神面貌都比从前好多了。

再后来，听说她把在南京市区租的房子也退了，单位也辞了，就在庙里住着。这一阶段，她给我发过几封电邮，除了唠家常，主要是她师父智光法师的谈话录，我大致看了看，知道了定山寺是达摩的祖庭，目前正在重建之中。

今年春节，去南京探亲访友，去定山寺探访旋覆也是我预定的行程之一。主要是好奇。且慢，是不是有一丝幸灾乐祸的心理呢？在我们的潜意识里，出家或者去庙里过一种修行的生活，总是跟“过得不好”或“过不下去了”连在一起，而不是相反……出家固然是逃避现实苦厄的一个途径，但更是追求真理的一条道路吧？我们为什么总是看见前者而忽略后者呢？也许，作为当今一介俗人，我们离后者已经越来越远或干脆已不知何为“追求真理”了吧？这四个字我现在说出来都觉得生硬、干巴巴，但还有什么词汇能替代这个意思呢？

至于说现在的寺院生活是否规范乃至纯洁，这是另一个问题了。

去定山寺的那个下午，南京阴天，但空气还好，没有霾。同去的还有南京另一个朋友小伟，他仿佛对信仰方面颇有研究和心得。

不久前，网上有个帖子说到 70 后上海一些女作家如今要么成了某灵修门派的掌门人，要么成了坚定的基督徒，对照她们当年的作品，说是不是年轻时玩够了，等等。当时我就想起旋覆，不仅旋覆，我周围有太多朋友年轻时狂躁，后来都消停了，其中不少信了佛教。我觉得这个现象一点不奇怪，我们小时候大都是在一个没有宗教氛围的环境里长大（甚至干脆是反宗教的氛围），成年后又不愿按部就班过日子，那么听从身体本能的召唤浪着过似乎就是不可避免的，继而再年长，本能弱了，浪的生活就那几样——吃喝、恋爱等——了无新意，此时依然不安分的一部分人靠信某种宗教作为精神支柱甚至毕生追求，这太正常了；现在让我奇怪的就是老弛、阿坚包括我这么一帮人，既无信仰，又不愿按部就班过日子，这个说来话长了，一时我也说不清。

定山寺确实是在重建中，不收门票。寺在半山腰，大雄宝殿直面一座凋敝的高尔夫球场的水塘。大概是春节假期，有三三两两从城里来的游客，多是一家老小。

在定山寺钟亭的空场上，见到了旋覆，她穿件灰色僧衣，牛仔裤，球鞋。确实面颊红润，精神头不错，小伟更是说旋覆的气色让他大吃一惊，我倒没觉得，也不知旋覆以前给小伟留下了何等颓靡的形象。

旋覆领我们到一间茶室兼书画室先见了她师父智光法师，法师穿一身灰色棉袍，盘腿坐在一把硬木椅子里，地上一双胶底僧鞋，旁边还有不少从城里来的访客。法师跟旋覆说你的朋友很有文气嘛，我一边暗叹法师阅人无数，一边自忖喝了这么多年酒还是没把这点“文气”冲掉。或许法师也看出了我酒鬼的一面，只是不说罢了。

之前小伟跟我简单介绍说智光法师是 80 年代大学中文系毕业生，本来在南京文化界混得不错，后来抛家舍业毅然出家，并掷地有声地撂下“砸锅卖铁干一回”（修道）的狠话，并于 1999 年在扬州高旻寺出家，2006 年回南京立志重建定山寺。据说那时的定山寺除了几块碑连残垣断壁都不见了。我们坐下后，小伟指着我对法师说我的这位朋友有很多人生困惑啊，又说狗子你不趁此请教一番？我很是窘迫，只说想请教的太多了……在这样的公共场合，我的那些所谓人生困惑实在难于启齿。我埋头喝茶。听法师跟其他人聊定山寺 50 年代被毁的经过，以及目前重建的情况，穿插些佛教知识和故事。说到诸多现状，法师偶尔言辞激烈，我只记得法师说重建的定山寺纯木结构，唐代风格，以及类似“修佛是一项孤独的志业”……

从茶室出来，旋覆带着我们前前后后在定山寺逛了一个多小时，我得知像旋覆这样没有剃度但长期住在庙里帮忙的居士叫“护法居士”，吃住以外，庙里会给他们每月 500 元生活费。他们的作息时间是晚上 10 点睡觉，凌晨 4 点半起床，白天除了打坐以外，旋覆主要在厨房干活，她说有干不完的活，定山寺目前和尚加上护法居士，再加上工人，有 20 多人。

之间小伟问了旋覆很多，我印象深的是这么两句——

小伟：你觉得在这里最大的变化或感受是什么？

旋覆：大约就是找到了一个学习的方向吧，之前的日子，除了破罐破摔，实在不知道还有什么办法……

我问旋覆，你的学习除了打坐，看佛经多吗？旋覆说基本不看，主要是干活，又说以前对人对事总是有强烈的个人观点，现在不是那样了……

在逛的过程中，旋覆说你可以抽烟，我说我现在烟瘾不大了，这个确实。其间旋覆从兜里掏出一根电子烟吸了两次，她说戒了一年了，最近又复吸，打算再戒。我问她住哪儿？她指给我看庙旁边两座小楼，有点像小宾馆的样子，看着还不错。

我问旋覆打算一直就这么住下去吗？她说是这样打算，但有一些现实的牵绊也可能会有调整，主要来自家里面……

逛的过程中，回廊的角落里一位僧人和一男一女两位访客在喝茶聊天，他们聊得挺热闹，像是很熟的样子，经过时听了两耳朵，好像是那一男一女因为要孩子的事意见不合，僧人在为他们调解吧。

天色暗下来，气温也降了下来，旋覆说五点半到六点半有个打坐，你们要不要打一坐再走？我说不了，晚上还有酒局。

我和小伟跟旋覆告别驱车回城。因为没睡午觉，我在车上昏昏欲睡又睡不着。按说我的好奇心以及那丝若有若无的阴暗心理都算满足了，但我却没有丝毫满足的感觉，我一点也高兴不起来，也谈不上感伤，倒好像有一种更加空落落的感觉袭来……不知道。

当晚，和小伟参加了一个大酒局，有顾前、曹寇、杨黎等一干小说家和诗人，杨黎借着酒劲儿说你们这帮写小说的就是不如我们诗人，你们暧昧、妥协，你们写的东西都可以出书或被发表，除非你们自己写得不好，而我们诗人，有太多的优秀作品出不了……我觉得他说的对。

酒局散去，顾前非拉着我和小伟找酒吧喝 IPA 精酿，在一条巷子里的小酒吧，顾前攥着瓶“婴儿肥”精酿啤酒，说他在南京每每想到我在北京的滥喝，就觉得你这哥们儿还没挂，运气实在是太好了。我一边跟他碰瓶一边说我们是见一面少一面了，继而顾老师对我苦口婆心教育了一番，其中一句大概是，你要还这么不醒悟地滥喝，定山寺算是白去了……

次日我忍着胃疼回到北京，回京后的三天滴酒未沾，一半是因为胃疼，另一半是定山寺以及南京给我带来的气场还没散去吧。

铁山寺『有感』

跟随一个剧组进驻盱眙县铁山寺风景区已经一周了。

说到盱眙，人们大概首先或干脆说唯一的联想就是小龙虾，铁山寺脚下大大小小饭馆里的头道招牌菜都是小龙虾，红烧、麻辣、十三香、清蒸等，景区小卖部里摆满了各种型号尺寸的小龙虾模型，当然也是红烧小龙虾模型，人们似乎不愿面对其活生生状态下的青黑本色和张牙舞爪的形貌，而只钟情于它们被料理后的尸体。2000 年前，有“汉人出家第一人、中国翻译佛典第一人、中国修庙建寺第一人”等称谓的严佛调，在此开创铁山寺时绝不会想到今天的盱眙会以“龙虾之都”自称。

“温比亚”台风过后的两三天，我随剧组伙伴探访了铁山寺。因为住在景区内，我们是从铁山寺后山的“半醉桥”开始跋涉的，这样可以不再买门票。所谓“半醉桥”，就是一条架在天泉涧溪上的铁索桥，人走在上面难免晃晃悠悠，但以我多年对醉汉的观察及身为醉汉的体验，人在半醉时往往步履矫健意气风发身手灵活，真喝到走路不稳时，那已经是大醉至少马上大醉即将断片的状态了，但叫“大醉桥”明显不合适，太煞风景了……有恐高症或胆小的朋友不用担心，“半醉桥”很结实，护栏也很高很牢靠。

后山这条路比较僻静，加之是早上八点多，一路上除了一位清洁工人，没遇见游人。清洁工是一位五六十岁的老汉，红黑脸膛，目光晶亮，见着我们只是笑眯眯地点头。大家都说在这里干这份差事真是健康职业啊，据景区介绍说铁山寺是天然大氧吧，空气中负氧离子含量高出城市 100 倍。（我 ×，我们整天呼吸的是什么？）

因为潮湿加之山路狭窄，走在最前面的伙伴屡屡被蜘蛛网糊住，那哥们干脆找了根树枝时不时做披荆斩棘状。还好，石阶山路修砌得很规整，也不算陡。这里是大别山的余脉与长三角的交接处，属丘陵地带，最高的山不超过海拔 200 米。

不时路遇粗大的葛藤，路边石碑有前人写的一首赞美葛藤的诗。我忽然意识到我常年必备的戒酒神器葛根、葛花正是来自眼前这种南方常见植物，早就有古代酒鬼这么赞叹过：口含葛根，千杯不醉。路过山间小卖部，我买了几小包葛花，打算送给平日里我的酒友。我平时赴酒局，有时想起来也会带点葛花让服务员泡一壶让大家都喝点，我这么做并不说明我多么关心朋友，我只是想在酒桌前坐得踏实，暗暗背负着偷奸耍滑的良心谴责，这酒怎能喝得爽？

经过铁山寺旧址，历经近2000年的雨雪风霜，这里除了茂密的树丛和树丛间编织精美的蛛网，只有一块令人立的告示牌，在感叹沧桑变化的同时，又想及千百年来，有多少追求精神卓越的高僧大德已湮灭得无影无踪……忽然觉得我不配谈这一切。

快到铁山寺时，遇见朴树了，剧组里一个姑娘兴奋异常。大家别误会，我们遇见的不是歌手朴树，就是一棵树，那姑娘之所以兴奋是她一边拿手机拍朴树一边还放*No Fear in My Heart*玩起了抖音。

我们一行溜溜达达连歇带走，上午10点多到达铁山寺山门。这是个晴天，天空碧蓝，白云朵朵。有拖家带口的游人的喧闹了。

看山门前寺院介绍，得知2017年铁山寺成为北京龙泉寺下院，龙泉寺僧团及学诚法师曾入住于此。就在一周多前，因为“Metoo”运动，学诚法师刚刚辞去了中国佛教协会会长的职务。

在大雄宝殿前的石阶上小坐，看五星红旗与佛教旗在蓝天白云下迎风招展。殿前一群小孩在写生，一个40岁上下戴眼镜的精瘦女子在辅导他们。起先我以为她是夏令营老师，后来进到大雄宝殿内又见她给游客讲解佛教知识，我好奇便凑过去听。她在讲目前正值佛教的“夏安居”，铁山寺的方丈、和尚都在闭关，在2000多年前的印度，夏季的雨季长达三个月，佛陀乃订定四月十六日至七月十五日为安居之期，在此期间，出家人禁止外出，聚居一处精进修行，原因之一是雨季期间草木、虫蚁繁殖最多，恐外出时误蹈，伤害生灵……

待游客散去，我和她单聊了起来，这才得知她是义工，新疆人，来这里一个多月了，我问她会在这里待下去吗？她说也许吧，看缘分了。她又跟我聊起她为何信佛，我觉得就是向我宣讲佛法吧：关于死，关于往生、今生、来生，我忽然觉得她有点说到我心坎里去了，之前我对佛教虽充满好感，但讲到转世等总是半信半疑或基本就是不信，此刻我忽然有了一种“信”的感觉，现在回想起来，这感觉很奇妙，她说的那些我以前也听过或读过，是什么让我当时有了不一样的感觉呢？是随着年龄的增长、处境的变化我越来越无依无靠以至急于“抱佛脚”了吗？还是近在眼前的这位女子的神态让我觉得安定、至少觉得她和我差不太多是个可以亲近的人？或许都有那么一点吧。

也因为觉得她是个可亲近之人，俗人的那点好奇心让我斗胆跟她提起了学诚，我说铁山寺会受到影响吗？她说要说没影响是假的，她说不可能不受影响，她说我们平常做点好事也经常被周围人误解、嘲笑，她说更别说做了那么多事了，她说弘扬佛法就是这么艰难，她说真是太难了……这时我发现她哭了，眼泪从眼镜片后流下来，但她还在几乎不动声色语调平稳地说着……我心中一酸，一股热流涌上来，我把头扭向一边，我眨了眨浑浊的老花眼，没让眼泪流出来。学诚事件的真相姑且不论，我确是被她的虔诚感动了。

伙伴们在招呼我回去了，我只得跟女义工告辞，并说谢谢。离开前我匆匆在大殿里转了一圈，转到佛像前立住，我在犹豫拜还是不拜，我本就是个犹豫的人，每次在佛像前我更是如此，有时会拜，有时走开，内心千头万绪：拜是迷信，佛早就说了不立偶像，但不拜是不是又傲慢了呢？您那一副臭皮囊就那么难五体投地吗？而且拜还是会给自己和家人朋友带来平安的吧？不拜会不会有不好的报应？但这么拜佛是不是太功利了呢？等等犹豫。这时，在殿内一侧的女义工似乎看出了我的心思，她走到我身边，她说我来带你拜佛吧。我或多或少解脱了一般说好啊。

在女义工几乎手把手地耐心带领下，我和她一起拜了三拜：跪，手掌方向，静心，排空一切，俯首，叩头……

这应该是我第一次这么正规甚或也是第一次这么虔诚地拜佛。

拜完佛，我起身和她道别，大概有点不舍。我说了好几次谢谢，她双手合十弯了好几次腰。

之后的几天，直至现在，每当想起铁山寺里的这位女义工，我心里就会有一种力量。这算是佛光乍现带给我的吗？这算是一份佛缘吗？它能持续多久呢？

1989年的成都和重庆

1989 年我大学毕业，原先家里给找好的铁饭碗忽然泡汤了，这倒也正合我意，本来我的人生理想就是无家无业，饿不死就行。显然，在这个时代，饿死人太难了，尤其在都市里，其难度远远大于成为亿万富翁，我以为。

正当我打算踏踏实实游手好闲蹭吃蹭喝优哉游哉的时候，跟我同年毕业永远闲不住的发小黄燎原却承包下一家杂志的影视部，他不忍看我天天搓麻将喝酒虚度青春，拉我入伙，我借着酒后的晕眩也便答应了。

黄燎原是影视部主任，我是导演兼摄像，此外还有一个姑娘，小徐，也是刚毕业的失业者。说是影视部，但我们的业务从广告、演出、自行车拉力赛到盘条（我至今也不知盘条为何物）、马口铁、南方柑橘，无所不包。显然，干我们这行的，需要全国各地不停地跑，黄燎原的军挎里（从小到大现在到老，他随身只背这一款包）揣着公章、空白合同、空白介绍信等，那年头，这些东西有时还真管用。

1989 年的秋天，我和黄燎原去了成都和重庆，现在，完全想不起来是干什么去了。当年，我们俩都是半长发，赶巧都是自来卷，个头一样，打扮也差不多，破衣拉撒的那个派头，他目光忧郁，我则迷离……这俩孩子谁啊？是如今的我和老黄吗？完全恍如隔世的感觉。当年的成都和重庆，是不是比我们两个人的变化还要剧烈呢？我不知道，阴差阳错，27 年来，这两个地方，我还真就再也没去过。

1989 年秋天，我们先到的成都，托关系住进了军区招待所，好像叫“红星宾馆”。那年头，出门在外，找熟人托关系是常事，甚至成了习惯，不像今天，无论去哪儿，只要兜里有俩钱，吃住是不用发愁的。

红星宾馆自然乏善可陈。全国各地的军队招待所都一个样，楼道宽大，住客稀少，刷着淡绿色油漆的墙围子，房间宽大且高，壁灯吊灯总有一两个是瘪的（这个我毫无印象，只是想当然而已）。稍微有点印象的是，我们住进去后发现洗澡没热水，跟宾馆交涉，说都没有，且态度坚决冷漠，于是给“熟人”打电话求救，过了没多会儿（半个来小时？），热水来了。

红星宾馆旁边是省电视台，我的一个叫刁力的四川籍大学同学刚分到台里俩月，有天中午，他请我在街边吃火锅，桌子摆在小店门口，七八个人（都是他的年轻同事）围坐，吃得怎样聊的什么都忘了，但肯定是没喝多，每人两三瓶啤酒的样子，那时我喝酒还没瘾。那天的天气是半阴半晴的样子，中午的街头行人稀少，整个气氛很符合那个年代：热情过后的冷清凋敝，无望又暗含着某种不着调的希望。

以上就是我对成都所有的印象。

等等……翻了下相册，发现我们在成都坐过茶馆喝过茶，于是又想起来，我们去过杜甫草堂，印象就一大公园；吃过成都小吃，不知是不是味觉单有一脉记忆（很可能），我的脑子又突然明晰了一下：我记得我们吃了豆花、担担面，黄燎原还吃了麻团，这我没吃，我北方人不爱吃黏的，其他忘了。但又想起来的是，成都小吃的低廉价格让我和黄燎原这种当年进饭馆永远以不付钱为正常的家伙都惊叹了一下：太便宜了！而且这么好吃！我没记错的话，豆花五分钱一碗，而且里面什么都有，具体有什么，自然是忘了。

似乎，我和黄燎原在成都街头评论过成都姑娘，好像一致认为一般。

在成都办事的间隙，黄燎原带我去重庆玩了两天，他有一个拐弯抹角的朋友在重庆，是什么朋友忘了。只记得我们从成都坐火车——硬座绿皮车，没有十几个小时也有七八个小时的样子，我们到重庆时已是半夜。大概因为这个朋友过于拐弯抹角，没人接站，很可能黄燎原手里只攥着这朋友写给他的一封信的信封（农村似乎叫信皮子），当年凭着信皮子直接扑家里敲门不说司空见惯也是顺理成章的事，这当然是因为那年头别说手机，家里有座机的也极少，谁家附近倘有可以传呼的公用电话，这得算今天的网络达人了吧。自然，这样的直接敲门，有可能带来欣喜，也可能带来尴尬，乃至不快，乃至愤怒，乃至凶险——今天，这样的敲门，通常属于后三样。

其实，在那个年代，尤其对我和黄燎原这种人来说，只要想找到一个人，即便没信皮子也不是难事，我们只要知道此人的任何蛛丝马迹——比如单位学校，比如住哪一片，或者他朋友的单位学校他朋友住哪一片——即可。我们会查厚厚的电话号码簿，或者直接去单位学校居委会逢人便问，“请问您知道一个写诗的叫某某某的吗？我们是从北京来的他的文友”，或“你知道某某这个女孩吗，我是他表哥”之类的，一般都不会落空，乃至有时我们因为要找某人（通常是姑娘），又认识了新的朋友，当然是姑娘。嗨，这不就是嗅蜜泡妞吗？当年，这方面黄燎原是强项。

说远了。我们到达重庆已是半夜，人生地不熟，又累又困，我们急需找地儿睡觉，好像公交也没了，无奈之下咬牙切齿打了辆出租车，抑或背着双肩包在火车站广场正在四处张望的我俩被诳上了出租车？总之这是辆黑出租车，它带着我俩在当年黑黢黢的重庆绕来绕去，最终车停在半山腰一家旅馆门口，我们能看到脚下重庆市区仿佛在灰烬里闪烁的零星灯火。下车时我们跟司机起了争执，具体怎么回事忘了，不严重。能记得这个，是因为事后聊起重庆我们多次提到那辆黑出租车。

还有那家黑店。也就是黑出租车给我们拉到的那家小旅馆，具体怎么黑也记不清了，大概是黑司机黑店主许诺我们彩电卫生间一应俱全价格便宜。但其实房间逼仄，电视黑白且全是雪花，卫生间什么样（次到什么样）已完全记不清了，能记得的就是我俩倒头便睡，次日醒来大骂黑车黑店一番。

次日，我们退了房，在重庆市区瞎转了一天。我们背着双肩包不断地上台阶下台阶，我们觉得挺新鲜，这就是所谓的山城吧。那天阴天，有雾，我们说果然是雾都啊。

重庆姑娘没印象。再有印象，就是晚上在大排档吃火锅了，是黄燎原的那位朋友请客。我们怎么找到他的也忘了，只记得那晚很热，完全是夏天的感觉，红油火锅很辣，请客那哥们儿以老重庆自居，不断跟我们说越热越要吃辣火锅，以毒攻毒，解暑。大家吃得汗流浃背，于是赤膊，餐巾纸用了一包又一包。当年的北京重庆火锅店很少，我头回吃重庆火锅，很多吃食不认得，我记得我问那位老重庆黄喉到底是什么东西，还有什么泥鳅、百叶、鸭肠，虽然依稀认得，但平生似乎就没吃过。而现在的年轻人，全世界的美食都尽在眼下，在吃喝上，中国这20多年的开放程度和发展速度，堪称世界第一……

重庆火锅带给我的味觉刺激现在已经淡薄，但第二天它带来的肛门刺激却依旧真切。第二天，我跟黄燎原都狂泻不止，我记得第二天上午，我们俩分头狂泻之后依靠在旅馆的床上歇息，黄燎原有气无力地说，真他妈辣，我当然知道他说的不是昨晚的大快朵颐，而是此刻的……

这就是我对27年前成都、重庆的所有印象了，写到此，我多少有点相信人有前世的说法。这世界变化快，有生之年，我希望再去成都、重庆，看看它们的今生今世，它们现在是什么样了呢？

愚人节的夜晚在青岛

这次来青岛，带着我上小学一年级的孩子。这两年，无论是在北京赴酒局，还是去外地参加活动（其实主要也是赴酒局），只要带着孩子，我就必定还要带着他的 iPad，罗大佑在 30 年前《未来的主人翁》里唱到的“电脑儿童”完全变成了现实，我希望这是一个美好的现实，至少不要比我们小时候差，为了印证我的这个希望，我有几次凑在小孩身边看他玩 iPad，《我的世界》《守望先锋》《植物大战僵尸》等，我只能用“精彩”来形容。抛开这点不谈，你让现在的孩子在沉重无聊的课余时间玩什么？他们已经没有小伙伴了。读书？学乐器？围棋？武术？一个七岁的孩子，套用当下的网络用语——我就去……

如是书店是山东省最大的一家民营书店，开张一年多了，我的朋友亚林是这家书店的联合创始人之一。从 1994 年亚林利用自家小小的门面房创办“学苑书店”算起，亚林办书店已经20多年了，说他是我们国家民营书店（也有叫“独立书店”的，这个名字更牛）的先驱应不为过，尤为难得的是，学苑书店目前在青岛还有两家，其中一家依然坚持拒绝教材及畅销书，只卖高品位学术文化书的路线。当然，亚林说那是赚不到钱的，但因为年头久了，品牌、房租、有限的读者群等外部因素还算给力，所以也还可以坚持。

如是书店与学苑书店不可同日而语，因为有了民间资金的介入，书店1600平方米，似乎可以让亚林大展身手了。

如是书店每周办一次活动，似乎时髦说法叫“读书分享会”，就是请各路作者与读者见面、座谈。我去年来如是书店赶上过一次读书分享会，那次正赶上纪念“二战”胜利70周年，亚林请来几位专门追踪、记录抗战老兵的青年作者，他们是一个群体，干这事大约有几年了。那天读者不算太多，我在旁边听了听，还好，这几个年轻人挺严肃的，没有丝毫那种在一部分年轻人中蔓延的民族主义。亚林办事，我放心。

这次读书分享会，主题是“一代宗师——无非讲个好故事”，主角是邹静之，我作为嘉宾，忝列其侧。当然，让我当这个嘉宾，也说得过去，因为我是静之小说集《九栋》的主要责编。《九栋》是我作为图书责编的第一本书，搞不好也是我这辈子的唯一一本。

我认识静之也20多年了（唉，现在动不动就得以这番口气说话），早年他是诗人，后来写电视剧，以至电影、话剧、歌剧，如今他更为人所知的是编剧，甚至被称为大陆“金牌编剧”、“第一编剧”，印象中这两顶帽子刚出现的时候，静之颇不以为然，甚至愕然，难以接受，后来也只好由它去了。

《九栋》是静之 2012 年出版的一部纯文学作品，去年又出了精装本，在没有任何宣传造势的情况下，卖得还行，我作为责编也颇有点成就感，我在编辑手记里曾瞎感叹：文学已去，但有《九栋》在。静之对我曾私下流露：搞不好《九栋》是他的最后一部文学书了。目前静之有自己的一个戏剧团体“龙马社”，他的大部分精力似乎都在这上面。

“一代宗师”这题目，明显是借电影《一代宗师》的势，当然静之是其编剧之一，倘若换成“《九栋》——无非讲个好故事”，话虽说得通，但调门低了太多，在这个众声喧哗的时代，如此的低调门，竟然给人病句之嫌，作为活动的题目，几乎就是说不通的了。不过，作为缅怀“逝去的武林”的电影《一代宗师》，其表现出的情怀，似乎也已映射到文学、读书乃至书店的领域，武林高手已经绝迹，文学大师、读书人、独立书店也正在远去……是我太悲观了吗？

其实在我而言，这一切谈不上悲观还是不悲观，旧的不去新的不来，我热切地希望我们的孩子即将建立起一个更人道的新文明。一百年前，鲁迅借狂人之口说几千年的旧账他只认出两个字“吃人”，粗浅如我，绝不敢放此狠话，但我至少想说：写作、阅读、书店，这些带给我们美好体验的行为和地方，不是亘古不变的……

活动晚七点半开始，这天是愚人节。亚林在书店里忙前忙后，在这儿他被称作“张总”。我把小孩安顿在书店一个有电源插座的角落里，因为 iPad 没电了，我嘱咐他玩一小节（约 20 分钟）歇会眼睛，这也是我对“新文明”的诸多小小诟病之一，好在孩子已养成了玩会歇会的好习惯。

七点多，刚下火车没多久的静之和龙马社经理王明辉先生到了，二人风尘仆仆，皆一袭黑衣，颇有点一代宗师的范儿。

七点半，活动开始，静之主讲，我偶尔插话。或许静之的影响力还是大，这天读者爆棚，我估计得有几百号，有些读者只得站着。

静之从他的经历开始，讲了读书，讲了写作，讲了电影，讲了戏剧，我一路听下来，我觉得他是在讲文学、艺术、思想、宗教——这一切对我们心灵的滋养。比如他说到他认识的一个年轻人，个人奋斗多年颇有成绩，来北京闯荡，受聘于一家大公司，年薪几十万，他上班第一天坐了一圈北京地铁，便打算辞职了，理由是他忽然认识到在北京他即便这么干一辈子，挣一堆钱，也毫无意义，他决定回老家继续自我学习、自我教育，继续个人奋斗，现在他在家乡拍自己喜欢的小电影且已经初露头角。是啊，无论什么文明，如果仅仅关乎物质，哪怕这物质再丰富，也肯定是低级的文明。我们现在的问题是，我们已经吃好喝好了，应该有余力滋养我们的心灵了，糟的是，我们竟然不会了、不需要了，我们的余力被不知不觉引上一条胡吃海塞、开豪车、住豪宅的低俗之路……这只是那天活动之于我的收获之一吧。

活动结束，我带着孩子和亚林在书店外等车一起去喝酒。起风了，青岛风多风大，有点冷，我俩点烟点了半天才点着，“张总”深吸一口烟，望着幽幽的夜空略带怅然地说，如果能安静下来读读书真是不错啊。我说，那当然。

Oh my 河南

1999 年的那个春节，应小付之邀，去河南农村他老家参加他的婚礼。小付是当时我在《音乐生活报》的同事，《音乐生活报》号称北京娱乐圈的“黄埔军校”，除了社长、会计，员工来自五湖四海且流动频繁，在那儿干半年就算元老了。如今娱乐界很多有头有脸的“老师”，当年都在外馆斜街那栋破旧的灰楼里混过，当时《音乐生活报》在那里租了半层楼办公。

小付比我小得多，当年也就二十出头吧，但在农村，这正是男大当婚的最佳年龄，再晚好像就有点说不过去了。小付在照排室统管电脑，算理工男吧，理工男就是听话，当年我们报社跟小付同龄的那帮编辑记者，我印象中没一个是娶了老家媳妇的。

我是大年初二晚上上的火车，北京到河南商丘，普快硬卧，车厢里大概有一半的铺位是空的。本来我买的是大年初一晚上的票，想体会车厢里更加空空荡荡的那种感觉，但初一晚我先跟老弛、方文、唐大年等喝了顿酒，本想是为自己饯行的，结果酒喝到嗨处，大家劝我别走，接茬喝。各种不成立的理由吧，我有点心动了，但想想车票钱我还是拎起了地上的双肩包打算连干三杯撤，这时方文说我看一眼你车票到底是几点的，我把车票递给他，方文看都没看笑眯眯把车票撕得粉碎，然后掏出300 块钱放在酒桌上……从此，上火车前在酒桌上被撕票的事屡屡在我们这个圈里发生，搞得大家都把车票捂得死死的，按老弛的话说，恨不得藏鞋里。不过这两年撕票没什么用了，除非你把他身份证剪了，不过我还真不知道既无车票又无身份证但能报出身份证号码是否上得了高铁，若行的话，再想“撕票”，那岂不是得玩真的了？

小付的家乡，像所有北方地区的农村一样，光秃秃乏善可陈，但那个年代，还有青壮年安心务农甚至想靠种地发家致富，再加上春节，外面打工的小青年也都回来了，村子里热闹了起来，现在来看，这应该是延续了千百年的那脉人气在耗尽之前最后的一线生机盎然了吧。

小付的婚礼是在我到的第二天举行的，挺好，挺热闹。卡夫卡写过一篇小说叫《乡间婚礼筹备》，我忘了写的什么了，抑或我压根就没看过，只记得这题目——“乡间婚礼”，它会让我们联想到什么？石头房子，羊群，拿着鞭子嘴里衔着草叶戴破鸭舌帽的牧羊人，水井，一手捏提着裙裾一手拎水桶的村妇，四轮马车，牧师，婚纱，燕尾服，钟声……那咱河南农村的喜事，就是这些：先一万头鞭炮五百头麻雷子开道，把耳朵振聋以达到静场之效果——此刻小汽车从浓重硝烟中无声钻出，新娘子被簇拥着下车，新郎迎上（是否该慢镜头呢），接下来一套我说不清道不明的繁文缛节……然后就是酒席，在露天临时搭好的喜棚下，大半个村子的人聚集于此，村里专门主持婚丧嫁娶的年长者两只手挥舞着烟卷发表演讲，一根烟边讲边抽，另一根没点的烟随时准备续上……然后开吃开喝，从中午到晚上，大醉中闹洞房，新郎靠各种作弊手段（以矿泉水充白酒、抠嗓子眼等）支撑着不倒，新娘满心欢喜被撕扯得披头散发衣衫不整……我喜欢咱河南的喜事，在人间烟火中胡闹一场，我觉得还不够，把房子掀了才好呢；西方那种，至于吗？

我到小付家的头一天午饭时，发现只有白酒没啤酒，这儿的人冬天不喝啤酒，这对基本只喝啤酒的我来说问题有点严重，结果还好，小付带着我走遍全村，在一家小卖部的后院里发现有几捆去年还是前年剩下的啤酒，小付统统拎了回来。啤酒瓶盖已经生锈，酒瓶上满是灰尘甚至厚厚的泥浆，快赶上出土文物了。啤酒明显过期，有一股馊味，但我捏着鼻子喝了两瓶，也能下咽，也晕，渐渐我也就习惯了。在小付家那几天，我没事就拎着瓶过期馊啤酒满村乱逛，身后跟着一帮小孩，那时，村里的孩子见着城里人还觉得新鲜呢。

婚礼第二天，小付带我去邻村走亲戚，中午喝酒，小付私下跟我说，在座的都是这个村里年富力强的酒鬼兼划拳高手，专为迎接北京来的“能喝”的鄙人。村民们热情好客，坐下后面对的是满满一桌堆成小山一般色香味形具差的河南农村菜，小付的一个叔叔还是哥哥给我夹了个鸡腿，我愣没咬动，那时候我牙口尚好——还可以用牙开啤酒瓶呢。开喝前那几位高手轮番表演低调谦逊（实际正摩拳擦掌），什么最多喝个三四两，什么胃疼，什么肝不好，我当时不知是假，开喝以后，对各种河南敬酒的规矩、说辞言听计从、欣然笑纳，接着便主动挨个敬酒，而且是以我在北京的敬酒方式——你随意我干了——搞得本有一身赖酒作弊手段的河南高手无用武之地。

那天我喝的也是白酒，人家没准备啤酒，我想我已经连喝了两天馊啤酒了，也该换换口味了。据说那天还没等几位高手亮招，我已醉得不省人事，人家没想到北京酒鬼这么个路数，酝酿了半天的一场恶斗刚刚开始就结束了，落寞兼技痒之余几位村民只得自己窝里斗，据小付说一直斗到天黑。天黑后我还没醒，小付找了辆拖拉机，我躺在拖拉机后斗里被运回了小付家。

那次在河南农村，我真正领会到中国酒文化底蕴之深厚，随便一个老头子，划起拳来，我几乎一拳都赢不了，相对而言，我们这路北京酒徒就是没文化。事实也确实如此，这么多年来，我喝酒的这个圈子里，稍微带点技术含量的酒戏一直就流行不起来，早些年还划拳，后来退化到老虎棒子鸡，再到剪刀石头布，现在就是一个字——干！集体的酒戏，早年还猜牙签，后来逢七喝，逢三喝，再后来转勺，掷色子——大的喝，小的喝，单的喝，双的喝，红的喝，蓝的喝，现在只剩下打通关兼集体干！

两天后，我辞别小付打算奔与商丘毗邻的山东聊城我的老家看一眼，再回北京。这时已赶上春运返程高峰了。我在商丘火车站买了张晚上 10 点的无座过路车票。买完票也就中午，于是在商丘街头闲逛。

印象里那是个半阴天，那时还没有雾霾，阳光从厚厚的云层里偶尔透射下来眷顾一下这苍茫的中原大地。每经过一家像点样的酒楼，门口几乎必能撞见穿着黑呢短大衣喝得脸红脖子粗的醉汉，酒桌上的豪情依然在延续，光天化日之下官人们酒气熏天喷云吐雾高声大嗓地谈笑，脚步踉跄的还互相搀扶拉拽着，良家妇女皆绕道掩鼻而去……

在一个十字路口，一帮中老年妇女围着两辆堆满洗发液等日用品的板车在热火朝天地摸奖，两个矮个汉子在人群外不遗余力地吆喝着，摸到就中奖之类的，在好奇心更在愚蠢傲慢的大城市人心态的作用下，我竟钻进去看热闹……如你所料，在身边妇女们兴高采烈大呼小叫的中奖声中，我中招了，我摸到了两瓶价值 180 元的天价洗发水……那时我真是不谙世事兼不知深浅，我坚决不认账，奋力从人群中挣脱出来，是否高呼“骗子”我忘了。刚想夺路而去，不知从哪儿钻出两名同样酒气熏天的壮汉，貌似勾肩搭背实则死死夹住我，我情急之下从怀里掏出中央电视台的工作证和《音乐生活报》记者证，高呼我是中央电视台记者！我的激烈反应大概多少出乎两名大汉的意料，他们略松开了手，我几乎是窜了出去，正好有辆出租车刚刚卸客，我快速钻进车门跟司机说快走。记得一个汉子还趴在车门上对我点点戳戳说着什么，好在司机不是胆小怕事之人（要么就是没把这帮街头骗子当回事），拉着我快速离开了这个是非之地……快赶上惊悚片了！

下午，我找了个小旅馆，开了个半日房，就为缓神儿。窗外是白茫茫天光下破败的商丘街头。那时我离开央视已经多年，但工作证我还留着，就为出门方便。1999 年，出门在外证件还好使，尤其是 CCTV 的工作证，碰上事我一般都号称自己是中央电视台记者，普通人不会区分工作证和记者证的区别，《音乐生活报》的记者证基本没派上过用场。事后来看，如果没有这工作证，那天我可能就被困在商丘动弹不得了。

缓完了神儿，耐不住寂寞，下楼在附近一家电影院打算看场电影打发时间。我买了张票（电影名字我忘了），离电影开场还有半个多小时，按说我应该在附近再逛会儿，但实在没地儿可逛，或许多少觉得街头还是不够安全。总之，我早早坐在空空荡荡的电影院里等待电影开演，我几乎挑了个最中间的位置……结果我心目中观众们络绎不绝进场的那一幕始终就没有出现，一直到开演时间过了十来分钟，整个影院里除我之外还是空无一人，昏黄的顶灯也不见黑下去，我心说这河南人也忒不守时了。不过又一想，偌大的一个电影院就为我一个人放一场电影的感觉也不错嘛。又傻坐了会儿，终于觉得不太对，起身去售票口问怎么还不开演？售票口里的丫头嗑着瓜子（此刻我的感觉）理直气壮地跟我说，这场电影取消了，原因是就你一个观众，我有心问你们为什么不跟我说一声……但可能也是因为中午的那场小小的街头历险吧，加之我已经在电影院里孤零零坐了一个小时了，我火气全无，乖乖退了票，走出电影院，竟有点儿刚散场的感觉。人就是贱啊。

晚饭是在火车站附近一家小饭馆吃的，吃的什么忘了，有印象的是那家小饭馆全是蒸菜，那是我头回知道还有这么一种烹饪方法。

怎么进的站，怎么进到站台，如何在站台上等车，人如何之多，记不清了，但通过以下场景，你可以无限想象那晚商丘火车站的盛况——当这辆一再晚点的绿皮过路车停稳在站台上时，列车压根不敢开门，车窗也关得死死的，能看到灯火通明的车厢内人挤人近乎叠罗汉的景况……让我纳闷的是，在如此这般僵持的过程中，无论车内的人还是我们车下的人，大家的情绪竟然是饱满乐观甚至干脆就是欢天喜地的。要说车内的人还有可能是因为幸灾乐祸看热闹不嫌事大而喜气洋洋（天知道人要惨到何种程度才能不幸灾乐祸啊），那站台上的人在列车进站后蜂拥在车门前车窗下叫喊拍打而无望之后，竟也都散了开来，重又回到各种大包小包行李卷上坐下，有的还嘻嘻哈哈扯起了闲天，我心说再这么下去就该有打牌的了……

最终我还是上了车。搁今天我想我八成就会放弃了，但当时还是年轻生猛，而且我确实不想再在商丘多待哪怕一分钟了。

我是这么上的车：在僵持的过程中，以我那些年“走南闯北”的经验，我寻到立在餐车门内的列车长（印象中是个中年妇女），我对她一边连喊带说一边比画着手里的CCTV工作证。这之间我身边一直簇拥着若干旅客，列车长在车窗内也跟我比画着、意会着，我明白她什么意思了……我佯装放弃的样子离开车门，在站台上溜达，待身边没人，迅速出现在餐车门下，门开，我拉住把手飞身而上（忘了女列车长是否拉了一把）。就在这瞬间，我发觉我的腰被人抱住了，我略扭头见一个戴眼镜的小伙子死命抱住我的下半身，站台上几个人影也飞速扑了过来。在这千钧一发之际（全是小学课本里刻画战斗英雄的词），我完全凭着本能连滚带爬同时连拉带拽和我腰上的小伙子一起滚进了车厢，与此同时车门被眼疾手快训练有素的列车长砰然一声带上！我的天，我们应该击掌相庆了吧！

上车后，那位差点把我扒光的戴眼镜小伙子一个劲给我敬烟致谢，并说他早就看出了我的意图，一直在不远处盯着我哪。

那一夜，如何在拥挤不堪的餐车里混到聊城车站，不提也罢。值得一提或必须要提的是，我到聊城的第二天或第三天，报纸上新闻出来了：某月某日某某次列车在进京途中两名打工妹因过度拥挤导致窒息身亡。

我上的就是这趟车。

最后我觉得我还是需要声明一下，我对河南人没有偏见，我对以地域论人不以为然甚至反感，但 1999 年春节的河南之行，给我留下的印象还是太深了。Oh my 河南，Oh my 苦难深重的父老兄弟姐妹！——这还真不纯是为了政治正确故意而发的感叹吧……

补记：文章写完后某日无聊，上网搜了下“1999 年春运拥挤死亡”，结果我的记忆还是出现了不小的偏差，真实情况是，不是两名而是四名从商丘南站上车的打工妹在 1999 年 2 月 25 日 105 次北京至深圳特快列车上被挤死……

也就是说，我上的不是这趟车。但我不想再检讨我的记忆偏差可能包含的龌龊心理了，在此，除了徒显轻浮，毫无意义。

包括此文。

再见吧，火车

高铁不是火车。

真正的火车是这样的：

旷地里的那列火车

不断向前

它走着

像一列火车那样

来自诗人于小伟的《火车》。20年前，这样的火车在这个地球的大地上从四面八方向四面八方不断地“走着”，有绿色，有黑色，有红色，也许还有其他颜色。它们会鸣响汽笛同时冒出白烟，像是在炫耀。是的，火车是有感情的一种交通工具。因此，很多人怀念火车，但感情是一柄双刃剑。据说，在朝鲜以及非洲某些地方，火车没有时刻表，乘客们会一大早来到车站等候，火车来了就上，也许一天没来，那就回家，第二天再来。

以前，在电视上经常看到印度的火车，车头车尾挂满了男女老少，是不是车顶上也贴满了人记不确切了，确切的是印度的火车动不动就出轨，死人。我的一个朋友十多年前在印度就因为火车出轨还是相撞，腿部骨折，差点残了。

对于火车，我特别想套用鲁迅的名言：过去的生命已经死亡。我对于这死亡有大欢喜，因为我借此知道它曾经存活。

早年，我没少坐火车，总的来说，我是喜欢坐火车的，确切说，是喜欢坐不太拥挤的火车。窗外的风景，停靠站台上叫卖的小贩，夏天，开启的车窗外扑面而来宜人的凉风；车厢内，全国各地的各色陌生人等，在这个移动的狭小空间里飞快成为"一家人"，男人抽烟喝酒吃烧鸡吹牛，女人聊天嗑瓜子奶孩子织毛衣，还有看书的、下棋的、打牌的，广播里在播放相声集锦以及流行歌曲，打眼望去，就是一列移动的俱乐部……

但，千万别人多，人一多，就一点乐不起来了。至于污浊的空气，肮脏的厕所，小偷流氓骗子等，不提也罢。

还是上世纪90年代，一次在杭州火车站倒车，一辆绿皮车，我上车较早，车厢里空空荡荡，车厢的一头，围着一圈人，似乎发生了什么事。我凑过去看，见人们围着的一个座位上，躺着一个四五岁的小姑娘，她是一个弃婴，或者准确说应该叫一个弃童。有旅客说刚才下车的一对农民工夫妇坐在这里。

小姑娘长得还算端庄，穿的也还算干净，她枕着一个装满衣物的塑料袋。听人们说，她有残疾，坐不起来，而且不说话，可能是哑巴。我看这个小姑娘躺得很安然，面对环绕她一圈的这些或惊奇或怜惜或愤怒的大人的脑袋，她视他们为无物。她的眼神也是出奇的平静空洞，无惊无喜，无怒无悲，如果非要从那眼神里琢磨出点什么，我倒觉得好像有一丝轻松。一位旅客递给她一根香蕉，小姑娘一把接住，但却剥不开，那位旅客帮她剥开，她马上就往嘴里塞，但却咬不动，有旅客说她的牙可能没劲，于是那位递给她香蕉的旅客帮她掰下一小截，她立刻含在嘴里，像含着一块糖。

火车快开的时候，大约是车站派出所的一个男警察上来，一支胳膊夹起小姑娘，另一手拎装衣物的塑料袋，将她抱下车去，小姑娘的双腿大约确有残疾，它们悬在空中吊儿郎当的。小姑娘依然面无表情，只是一只手紧攥着大半截已剥了皮的香蕉。站台上另一警察指挥一个穿红马甲戴小篮帽的清洁工蹬来一辆小三轮，三轮上是一些踩扁了的废纸箱，警察将小姑娘和她的那堆衣物往废纸箱中一塞，然后吆喝了一声什么，那穿红马甲的清洁工跨上车去，卖力甚至欢快地拉着小姑娘疾驶而去。那两位警察掏出烟来各自点上并谈笑风生，这类事估计他们也见得多了。他们脚下不远处，站台的地上遗落着那一大截白色的香蕉，相当醒目。这个场景我至今记忆犹新。火车成了一个弃婴场所。

我知道，现在还有火车，但它们的数量越来越少了，我也已经多年没坐过火车了，不知现在的火车是不是成了穷人的专列？这让一直以“穷人”自居的敝人小小吃惊了一下，原来，我从来不是什么“穷人”啊。写到这儿，还真想有机会再去坐一次绿皮车，不为怀念，只想从中探个究竟，我们这个时代是真的前进了吗？现在的绿皮车到底是越来越宽松舒适宜人还是越来越拥挤不堪乌烟瘴气令人恐怖？但愿是前者。

快速便捷的时代潮流席卷一切，科技的发展简直令人目瞪口呆。高铁已经不够“高”了，就在前不久，相信未来会更美好并声称自己“将在火星上退休”的“疯狂天才”马斯克的诸多科技冒险之一的“真空管道高铁”已被政府认可，速度将接近飞机的1000公里／小时。这种高铁不仅可以修筑在地表，为了避开山川河流等复杂地形更多将开挖地下隧道，乘客在类似“胶囊”的运输舱内,闭眼间就可从北京抵达上海,类似《西游记》里妖怪的“土遁”了。当然，失去的是风景，是人与人之间的交流，但是，风景、人与人的交流已经在每个人的手机里了。当今，面对真实的风景、有血有肉的人与人的交流，我们要么麻木无感，要么自作多情矫揉造作，要么局促不安已经无法面对……

似乎，不通过宗教，依仗科技的力量，我们轻而易举消灭了人间地狱，我们正在驶向天堂……这不应该只是一小部分富人独享的福分，倘如是,《圣经》里说的“富人想进天堂比骆驼穿过针眼还难”就将应验了吧？

但愿，科技的进步不是瞎忙活一场，甚至与全人类的福祉背道而驰。

七夕

今天农历七月初七，七夕，这几年被炒作成中国情人节，而且越炒越像那么回事了，今天所有媒体都离不开谈这个。上下班路过的那家小花店半个月前就贴出了“七夕相约情人节”的告示，这两天门口戳着巨大的装饰华美的蓝色花束，大约就是“蓝色妖姬”吧。

今天中午下班回家，快进大院东门的时候，迎面碰到一对老人，擦肩而过之后，我不自觉地长叹了口气。

我家住在玉渊潭公园北侧的航天部大院，大院东门的那条路是通往玉渊潭公园北门的必经之路，所以这里来来往往的很多是去玉渊潭健身或健身归来的中老年人。游人不多，因为玉渊潭没有名胜古迹，基本上就是附近居民的一个健身场所，除了每年四月的樱花节（玉渊潭的樱花很有名，是80年代初从日本引进种植的），才有大批游人蜂拥而至，门票也从平常的2元涨至5元。那些平常来此健身或消磨时间的中老年人通常都有月票（4元）或年票（15元），樱花节期间，年票月票在晚六点之前无效，也就是说，这些往日优哉游哉在玉渊潭地面上混的中老年人，要想凭年票月票观赏樱花只能在黄昏时分乃至天擦黑以后，是为了让他们更好地体会“最美不过夕阳红”吗？好在，樱花的花期不长，大概也就半个月。总之，每年四月，我才比较明显地感受到，我生活在一个公园旁边。从小到大，公园给我的感觉就是旅游景点，这也是我至今不爱去公园的一个原因。

当然，即便不是作为旅游景点的公园，比如平常的玉渊潭公园，我发现我也越来越不爱去，我细想我已经有近一年没进过玉渊潭了，这个心理容我慢慢想想。

今天主要说说我中午碰到的那对老人。那对老人身材都不高，大概一米六，都瘦，尤其那男的，其实他们还不算太老，应该是刚退休的年龄，从衣着打扮相貌气质上看，他们明显是劳动人民，大概50来岁不到60。

话说这两人迎面走来，他俩穿的都不咋地，有点花里胡哨，尤其那男的，尖嘴猴腮，戴个白色长帽檐遮阳帽，后脑勺有网眼的那种，穿一明黄色 T 恤，类似公交售票员那种（也许他就是刚被辞退所以有时间出来耍了），胸前还印着国旗，斜背一瘪塌塌的黑色人造革书包（“人造革”是我的感觉）。女的具体穿了什么忘了，总之也是劳动人民那种，不咋地，但她面相我印象还算深，感觉是善良、操劳，可能还有点弱智那种，暴牙很长很白。她在笑，笑容有点勉强往外强挤，显得腼腆或者尴尬，她的一只手被那男的双手死死抓住按在自己怀里，他俩走得挺快，擦肩而过时，我听到那男的操着沙哑的公鸭嗓喋喋不休之中的半句：“……咱们这岁数的……”就是这么一段场景，让我在走出几步之后，不觉长叹了一声，我在叹息什么呢？

我是在叹息——这就是男女之情啊，男女之情也不过如此啊，也可以如此之不堪啊——是这样吗？我在悲天悯人吗？好像有一点点，但细想，恐怕我的叹息主要不是因为这个，我刚才没有用“爱情”这个词，为什么呢？难道那位尖嘴猴腮公鸭嗓的公交售票员不是正陷于爱情之中吗？莫非他是个骗子？我马上想到了电视上法制栏目里有关中老年婚恋的各种骗局……你凭什么这么作贱我们啊？我们中老年劳动人民，即便是长得丑的中老年劳动人民就不能谈个恋爱吗？怎么到我们这儿就只有“男女之情”甚至干脆就是坑蒙拐骗？难道爱情只是少男少女大款美女或你们这路中年流氓知识分子乃至电视里经常出现的那路银发苍苍“艺术大师”文艺老兵的专利？

大概是这样吧，他俩的举动超出了我对爱情的想象，甚至有所破坏，我难道不是早就应该对爱情不再抱有那样的——几乎所有文艺作品中所表现甚至所宣传的——想象了吗？怎么就那么难以放弃那样的想象呢？

我应该谢谢他俩——谢谢尖嘴猴腮公鸭嗓男，谢谢善良操劳弱智暴牙妇——这就是爱情，起码这也是爱情。这就是我为之纠结痛苦也因之幸福激动了半辈子的玩意儿。这么说，我的叹息有一多半也是为自己而发的吧。

那天，在叹息之后，我一直好奇，那尖嘴猴腮男在说些什么呢？或者说，他在进行着怎样的一番“爱的告白”呢？以至于那面善的暴牙妇除了手被锁住也因这告白而面带羞赧且心中怦怦乱跳？

酒局

谭超应该是我认识的人里第一个喝残的。

大概十多年前，也就是世纪之交的那几年，我见过谭超几次，都是在酒局上。想来，自打我大学毕业，也就是所谓的自打我走上这个社会，除了单位同事，我新认识的所有人，几乎都是在酒局上，酒局应该是我们这个时代最主要的一个社交场所，对我而言，基本就是唯一的社交场所。

见谭超的那几次，印象中都是人数众多的大酒局。这种酒局，经常很多人是头回见面，或者见过几面但每次都是在喝高了的失忆阶段，所以跟没见过一样陌生。这样有时就会发生两个喝过不止一次的酒鬼坐下来还客客气气在那儿宾着等着别人介绍（“宾着”应该是北京话，有音没字的一个词，大约指相敬如宾彬彬有礼地憋着），或温文尔雅问在座的其他人：“这位是？”

有经验的酒鬼（比如现在的我）就不会犯这种低级错误，他们虽然“互不相识”，却装作“似曾相识”，心里一边打着鼓一边频频碰杯，这种局面下通常会有两种结果，一种是，喝起来后或许有一方会绷不住说：“咱们上回喝是在？”另一方大概会一边嘟囔着：“不好意思脑子喝坏了。”一边敲着坏脑袋苦思冥想，这时一般会有在座的明白人来救场，帮助他们恢复记忆，类似开启了宿命通让他们看到了前世；还有一种结果，就是这二位永远这么“互不相识”又“似曾相识”地宾着，该碰杯就碰杯，该干就干，谁也不多说一句，别人见他们这么“自然”自是觉得没有问题。是啊，喝过多少回了嘛。通常他们这么做的心理是双方都觉得对方认识自己但自己把对方忘了，都觉得自己有愧于对方，生怕把心里话（这孙子谁啊？）说出来造成伤害，而且越不说就越不能说——难道喝到酒酣耳热称兄道弟时再问：“您贵姓？”就这么揣着糊涂装明白也能一路喝下来，喝到嗨处也无所谓说不说了，见过又怎样没见过又怎样？喝就是了。

即便没有以上的尴尬情况发生，一般喝酒，也是要有一个宾着的过程的，我回想这个过程应该是开喝以后的头一两个小时，人们需要寒暄、开玩笑、吃东西——这几样通常是我之意义上的酒鬼所不需要的，我之意义上的酒鬼要么天天见要么见面就烦，玩笑早开完了。至于吃东西，像艾丹、张弛喝白酒的还动动筷子（大概白酒还是更难以下咽所以得就菜），而像我和阿坚这路喝啤酒的，则必须空腹喝上一气才会想起吃两口。据说界定酒鬼的一条标准就是看他/她是否空腹喝酒——待寒暄、玩笑差不多了，也吃饱了，这时一般就开始加速了（有的酒局这时就散了，这种不在我们讨论之列），或一圈一圈轮流敬（过关），或捉对喝，掏心窝子，吹牛，划拳什么的。

最怕的是酒过三巡菜过五味，这时没有加速（八成还是减速），而且不散，主持酒局的一位或几位开始点评时事或者讲起各种段子，这是最难耐的时候。以我的经历，这种时候我没听到过任何真知灼见，但你还要装模作样地频频点头，段子也统统不好笑，但你还要报以干笑，想来唯一可笑的大概就是桌上与你一样的酒鬼都在那儿装模作样地点头、干笑……

这种情况对我而言无异于如坐针毡，在这一点上，我喜欢艾丹、张弛这路酒风暴烈的，跟他们喝，经常还没坐稳，就因为迟到五分钟被要求连干三杯，之后也是一连串的狂干，多数时候也正合我意，因为在我看来，真正意义上的喝酒，就是一场放纵，就是这种纵身一跃然后不醉不归……微醺、适可而止、别喝吐了，这也是一类喝法……

关于放纵式的大酒，扪心自问，还是打心眼里的最爱，就像疯狂做爱，当然这后者比前者要求苛刻些，比如必须是美女（至少姿色中上）而且要有爱情。而喝大酒没这么多事，只要不是我在农村喝过的那种过期劣质啤酒或化工原料兑酒精的假白酒就行。当然，真长期没碰酒逼急了，没准这样的酒捏着鼻子也能把自己灌晕……

戒?

这些年，时常也会有这样的想法：我要戒这两样——大酒和色，至少远离它们！

首先要远离张弛、艾丹、高岩松，我碰着这三位，就没一次没喝多过；其次要远离阿坚、蓝石、高星、严勇、骆驼，我碰着这几位，多半喝多；再其次——这再其次的诸位我一年见不了两面但只要见面必喝大，所以是不是就不见了？他们是：小炜、高利、丁天、老贺、老楼、李晏、小东、小平、全克、杜全、芒克、孙民、万晓利、王武、徐星、于一爽……以上是指北京。关于外地，我们从南往北数——去海南不见老周、王东，去广州不见方辉，去福建不见牛哥、小郑，去拉萨不见贺中，去南昌不见马策、老德，去杭州不见石磊、阿拉丁，去上海不见荣岩竖、汤光明，去四川不见吉木狼格，去南京不见顾前、曹寇、旋覆、毛焰，去郑州不见吉祥，去青岛不见亚林、王音、保山，去景县不见周军，去终南山不见苏非舒，去沈阳不见程远……再说国外，去美国不见刘峰，去法国不见郁文，去德国不见“没消夜”（我在德国遇到的一个叫米歇尔的酒友）……以上是我在外地及外国的酒友，我将不见他们，同时我也不想再去那些地方了。

这样，我就差不多能把大酒戒掉了吧，虽然我也基本残废了，但是，这就是持这个戒应有的代价吧？我能指望在我那些非酒友们身上得到再生吗？他们是：大包、嘉映、简宁、张松、侯震、小宁、子鹏、白脸、高山、春树、黄燎原、大仙、陆晓伟、韩东、于小韦、赵川、汉行、何勇、还非、建国、唐大年、杨葵、全勇先……对不起上面诸位了，你们都是我的良师益友，你们不喝或喝得极少或喝得有节制，可是你们并没给我多少再生的勇气、新生的希望，面对你们，我怎么觉得前景一片灰暗啊？

抽掉了酒友们的世界，对我而言竟然是如此黯淡无光的……

同时，我还要抽掉爱情，戒色……

我要疯了……

在那样一个无酒无色（专指大酒和爱情，小酒和过日子不算）的世界里，我每天早睡早起，送孩子，干家务，写作，读书，散步，练习打坐，照顾瘫痪的父亲，尽丈夫的责任（“交公粮”——中国丈夫们的一大天才词语发明），与不喝酒或喝得有节制的良师益友们切磋文学，探讨人生，也家长里短唠闲嗑，逢年过节互致问候，品茶，也去郊游、野餐，带着一定量的高档红白啤，精致的小铁皮桶里盛着晶莹剔透的冰块，还席地而坐，铺着高档专业的防潮垫，有人在抽雪茄或者烟斗，还烧烤，妻子们忙着吃食，八成有拌沙拉，小点儿的孩子跑来跑去，大点儿的孩子或手不释卷或支起画板写生，一个留着胡子半长发戴西部牛仔帽穿西部牛仔靴的家伙坐在一边抚弄着吉他，天空碧蓝，小鸟从头顶飞过……

我要自杀！！！

或许，要想再生——叫重生吧，“再生”说多了让人想到废品回收，其实难道不是吗？——就得这么自杀一番不可吧？就像废品回收，不碾碎了烧成灰谈何再生？

看来问题出在还是不承认自己已经是废品，我确实是没到这个地步吧？此刻我不肯定了。

动不动就联想到与高僧大德社会名流野餐喝红酒去了，而且还挺不情愿……

非主流

十多年前，谭超给我的印象是模糊的，只记得那时大家都叫他老谭。我那时也确实只知道有这么一位老谭而并不知道他的确切名字，也从未问过，因为不熟，也因为每次都是一堆人。

我那时主要跟两拨人喝酒，一拨是艾丹这帮，一拨是张弛、阿坚这帮。前两年丁小二写了本关于北京酒局的书，他称前者为“东局”，后者为“西局”，东局局长艾丹，西局局长张弛。

十多年前的老谭，不熟，知道是做大买卖的（好像就是餐饮），开大饭馆，好组大酒局，当时我去老谭的酒局应该都是艾丹招呼过去的。那时除了张弛、阿坚，艾丹也经常约我，我经常东局、西局两头跑，时不时，东西两局也会合为一个局，这差不多就是那个年代北京“非主流”文人的精华所在了，他们边缘、反叛、新潮，蔑视权贵和精英。当年经常在座的他们是：张弛、艾丹、阿坚、芒克、我、唐大年、杨葵、大仙、方文、何勇、丁天、尹丽川、阿美、赵波……当年所谓“非主流”，是相对于那些在作协里或一心想依附于作协等文化机构混饭的文人，他们的写作观念和作品在我们看来迂腐甚至反动，这帮人势力强大，掌控发表出版的大权，是为“主流”；当然，随着全面市场化的到来，“主流”虽说至今还死死霸着一方文坛不肯退出，但早已不成气候，而“非主流”们也并没有取而代之，而是开始分流，张弛、尹丽川改拍电影，艾丹改倒腾文物，芒克改画画，大仙改写体育评论，方文在家打游戏，丁天、阿美编剧，唐大年学佛，杨葵学佛、读史、盖庙、弹古琴、写大字，本人我差点成了演员……我们基本不写或是实在无聊勉为其难地写点儿是点儿，如我现在。

大吃

在世纪之交的那个年代，我跟老谭应该不止见过一面，但现在回想起来，只有一次印象深刻，场景似乎是在歌厅的包房，因为我和艾丹等是坐在拐角沙发上，面前是茶几，也就是说我们是在饭馆喝完转场到这里喝第二场的。

那时这样的转场很常见，或者说基本是通例，尤其是艾丹组的东局，先饭馆，后酒吧或歌厅，再饭馆，夏天有时会去街边排档，美其名曰“消夜”，实际是接着大喝顺便大吃（有人已经吐了几起儿，此刻又饿了甚至更饿了，有人，如我，一直还没怎么吃），因为刚才在酒吧歌厅虽然可以大喝但不能大吃，爆米花、花生米、开心果这种似乎只能使人越吃越饿越吃越馋。我猜一是这种东西“香”，专勾馋虫；二是硬，需要咀嚼，耗费体力；三是这种东西伴随着酒精下肚，其结果就是继续在胃里发酵。我们被撑大的胃变成花生、二锅头、爆米花、干红、开心果、威士忌、哈密瓜、啤酒的发酵池，伴随着一个又一个此起彼伏或张扬或隐秘深重悠长的酒嗝，一趟一趟地走肾，甚至有人需要窜稀大便，废气废水废物被排出，被撑大的胃顿时空了，之前下肚的以及新酿的酒精却上行到大脑，人变得兴奋亢奋但还想更亢奋。为了这份“精神追求”（实际不过就是让酒精进一步刺激相应的脑神经细胞）及满足肉体上更真切的馋饿交加，新一轮的大吃大喝就似乎顺理成章在所难免了；而且尤其像我这种喝酒的初始阶段不怎么吃东西的人，七八瓶啤酒下肚，伴随频繁走肾（酒精利尿），此刻早已“砸通”（艾丹语）。就我个人而言，这时如果跟着大部队转场继续吃喝，我通常还是以喝为主……

不知为什么，我没有任何基督教背景，但自打我十来岁“懂事”以来，吃——不是因为饿而吃，是因为无聊和馋而吃，因此我觉得我们生活中大部分的吃都属于贪吃——在我这儿多少有些见不得人，觉得不雅，有时简直就是鄙琐。比如当众啃鸡爪子、鸭爪子，要撕，要在嘴里将鸡鸭的脚指头从关节处咬断，再不断咕囔着腮帮子用牙齿舌头将细小骨头上星星点点的肉褪干净。还有啃猪蹄，还有吸骨髓——一帮人戴着塑料薄膜手套，捧着一根骨头用吸管咕噜咕噜吸里面的骨髓，这简直应了那句成语“敲骨吸髓”，这不仅鄙琐，简直就是凶残了；还有吃螃蟹，螃蟹几乎是我的最爱，鲜嘛（这话说出来就觉着下作），但一帮大老爷们在一起一人捧只螃蟹，掰、咬、剥、嘬，用筷子挑、剔、刮，场面烦琐漫长而且有点可笑吧，这似乎谈不上凶残（其实何尝不是？莫非螃蟹在我头脑里要比鸡鸭猪牛羊低一等级？），但对我来说因为近些年牙齿缝隙越来越大，有几次吃螃蟹（通常有螃蟹的酒局都是豪华局），刚吃两口，坚硬的一小块蟹脚壳便塞进牙缝，于是忍着微痛装模作样接着吃喝，有可能还要敬酒或被敬，待牙签转到面前，抽两根搁在面前，再待机会成熟（比如大家的注意力集中在一个热火朝天的话题上的时候，倘是冷场或大家彬彬有礼互相贼着打探深浅的时候，你怎么好意思剔牙？），一手捂嘴一手剔牙（要尽量摆出老饕才有的那种闲庭信步温文尔雅式的剔牙状），剔出来倒也罢了，那就可以继续轻轻松松吃喝，听他们扯淡。有两回因为牙签质量不好或蟹壳塞得太实，牙签折牙缝里了，微痛有往剧痛发展的趋势，再剔，还是不行（主要是不能破坏了老饕的派头），只能端坐片刻借口上厕所。出包间奔服务员或到柜台再要牙签，找个背人处龇牙咧嘴甚或面目狰狞地自我解决掉，然后若无其事再回到包间。

说到吃螃蟹，我能接受的吃相是南方姑娘或少妇，她们会吃，不慌不忙，按部就班，有条有理，边吃边聊边喝。印象中她们有的吃螃蟹只用拇指食指，四个指头就解决了掰、剥、剔等工序，其他六个指头扇面状支起，应该都是纤纤玉指一类，吃起来也用不着嘬、啃、吸等大动作，跟吃零食差不多。当然，也有南方大老爷们会吃的，但我没什么印象。

老谭

我刚吐完回来，老谭出现了，他是从主桌上过来的还是从另一个包间过来的记不清了，他已有点高，打晃了，同时豪气冲天。印象中那时的老谭胖大魁梧，器宇轩昂，挺着浑圆的将军肚（老谭的肚子完全配得上这个称号），一身公司高管装束，淡蓝色高档衬衫掖在小腹部高档皮带里（像是有意要与衬衫掖在胸口的高管区别开来）。老谭问清了我们的玩法，二话不说抄起茶几上的小瓶青岛啤酒仰脖立饮，印象中伴随着艾丹等人的起哄叫好，他第六瓶或者第七瓶喝到一半，胖大的身躯轰然横倒在沙发上……后面记不清了，好像后来艾丹提起过，说老谭很快醒来开始直抒胸臆，艾丹的话是“全是心里话，全是对自己不利的心里话”……

这就是我对老谭唯一的印象。后来，听说老谭去了上海，再后来听说他中风瘫痪了，挺重，可能就此废了……我跟老谭本来就没什么交往，这消息对我而言不痛不痒，只是想及（想过吗？假设想过吧）他那次痛饮青啤的豪迈，多少有些惋惜。又废了一条好汉啊。

老谭在我的生活中就此消失了，我们的生活中会消失很多人，死或不死，都会消失，这个不足为奇，尤其是关系本就不深的人。

去年，距离世纪之交十多年了，我又见到了“老谭”，打引号的意思是，现在的“老谭”跟我印象中的老谭，变得完全是两个人。不知是不是迫于这个变化，大家现在不叫他老谭而都叫他的本名“谭超”了。以至于具体到我，因为当年不熟，关键酒后记忆还很不靠谱，我现在非常怀疑，那位立饮青啤的好汉是谭超亦即老谭吗？也许是另一个家伙？

会所

去年，张爽出了本诗集，说请朋友们聚聚，地点在谭超的会所。这之前，我就听过老谭又“重出江湖”了，再之前一点，消失了多年的老谭出现在一个朋友的文章里，那位朋友写到2001年他在上海天天去老谭开的一家叫“东兴楼”的大饭馆彻夜喝酒。在上海老谭叫“谭侠”，或者这一直是老谭的另一个称谓，文章里这位朋友对这个称谓还感慨了一番，所以当张爽在电话里说，你还记得谭超吗？我大概停顿了一下，张爽说就是老谭，我说记得，同时似乎还觉得这就对了，老谭嘛，当然应该和“会所”一类的相配。正如艾丹和“孔乙己”“天下盐”“烤肉宛”“东来顺”相配，老弛跟“郭林家常菜”“大连海鲜”“茂林居”“柳林居”“菜根源”相配，阿坚跟“成都小吃”“东北水饺”“兰州拉面”“万州烤鱼”“小胖包子铺”相配……

那是我头一次也是唯一一次去“会所”吃饭。那是秋天，会所在北京紧东头，我带着三岁多的小孩坐了两个小时的地铁公交才到（那阵子北京这个点儿打车比登天还难）。按张爽的指示，我在一条刚建好但又没有完全竣工的宽阔马路边下了9××或4××的公交车，再按张爽的指示，回头步行200米，她说出来接我。

这里是城乡接合部，天已黑，城乡接合部的天尤其黑，而且高。在又黑又高的夜空下，擦着地皮儿的人间却是一派烟熏火燎中的喧嚣——这里沿着路边坑坑洼洼的空场上是一个偌大的无照夜市，或地摊或三轮，卖煎饼、卖烤白薯、卖老玉米、卖烤肠、卖烤串、卖臭豆腐、卖盗版书盗版碟、卖旧家具旧电器、卖袜子内衣围巾床单运动鞋运动衣……一应俱全，废纸废塑料袋随处飞。小贩们嘻嘻哈哈喜气洋洋（他们是这里真正的主人翁），吆喝声不断，气味混杂，除了烤肠味儿香得有点窜脑门（我猜这路“香肠”的主要原料就是面粉和香精），其他味儿我觉得还算好闻。小孩说饿，我想也许是馋，我给他买了一个热火烧，他吃得倒也香，我心说丫还不知道旁边就是比这好吃百倍的地沟油炸臭豆腐、烤香精面粉肠、烤猫肉串，谁让你小呢，大了就好喽，可以敞开吃，再大还能喝酒抽烟……未来会好吗？这个世界会怎样？那时我已经不在了……这些思绪令人心慌。

张爽在路边接我们，她先蹲下来跟小孩说话，并随手向身后一指，就这儿。身后是一幢黑黢黢的小楼，楼顶有两个红色阿拉伯数字，99 还是 55 忘了，这就是谭超的会所了。

张爽引领我和小孩进入那黑魆魆的小楼，里面安静，灯光舒适温暖。上二楼，好像是旋转木质扶梯，她说这儿也是谭超朋友的画室。果然，我注意到装修装饰皆文艺，是中国传统那路子，硬木桌椅书法条幅一类。我虽然一直对各种路数的文艺范儿尤其是中国传统文艺范儿有所抵触，但人家主要是请你来喝酒吃饭的，又不是让你来就范儿的，您再有抵触情绪就太事儿了，而且这里的一切也尽量透着随意、自然，丝毫不强加于人，但似乎越这样你就越觉着不对……唉，太事儿了……

谭超

上到二楼，进到一个大厅，厅的一半有一张硕大的圆桌，大概 20 个人围坐，气氛不温不火。我带着小孩入座，寒暄，在座的我基本都认识，没人跟我提老谭，我大概忙于应付孩子，也没在意老谭在哪儿，隐约注意到斜对面坐着两位陌生但和蔼的中年男。前面说过，这种大酒局上，对我来说谁是真正的陌生人很难说，而且其中一位面色灰白戴眼镜的中年男似乎正笑眯眯望着我。菜品很是精致，白的红的啤的一应俱全，有人给我倒上啤酒。

一边照顾孩子吃喝，一边空腹喝着啤酒，两大杯下肚，心情也安稳下来，这时背后有人敬酒，起身回头，见那面色灰白的中年男举着小半杯红酒笑眯眯立在我身后，分明是熟人的感觉。我脑子飞速运转，半是恍然大悟半是试探地说：老谭？中年男笑眯眯跟我碰杯，我一饮而尽，他喝了一小口，然后慢慢拽着腿往原位一点一点挪去……他几乎变成了一个瘦子，而且也矮了，衣着普通，我现在完全记不得他那天的穿戴了，而且他怎么还戴上了眼镜？唯一能靠得上的就是港台片里的逻辑了：一个退隐江湖多年的老大重出江湖就当如此！

从此，谭超出现了，老谭——我脑子里那个老谭——彻底消失了。不知是不是所有的朋友都有同感，所以，现在大家都叫他谭超，没人再提老谭了。

当然，具体到我个人，因为当年我跟他不熟，所以我现在心底依然有一个小小的疑惑：我是不是记错了，那个立饮青啤的汉子是老谭亦即谭超吗？如果不是，那么那位好汉是哪位呢？他如今去哪儿了呢？

丁小二

有必要交代一下那天与老谭重逢或者也可叫初见谭超时的

其他情况吗？首先那天我没喝多，我想主要原因是艾丹不在。张松在，张松说艾丹本来说来又临时改主意了，理由是跟一哥们闹别扭心情不好。这叫什么理由啊，尤其放在十年前（也就是老谭还在的时候），这理由肯定不成立，不仅不成立，甚至正相反。闹别扭正是出来喝酒的理由啊，那时多少人正是因为闹别扭（尤其跟老婆或女友），所以要出来喝而且要大喝，然后因为喝大又闹别扭，所以要继续喝，因为这般不思悔改，所以又闹别扭，以至恶语相加，甚至大打出手一拍两散……此时，除了酒桌他还能去哪儿？难道独守空房或浪迹街头吗？那是不喝酒的人的下场！有些人就是这么修成酒鬼的正果的吧？

如今，跟哥们闹别扭也成为不来喝酒的正当理由了，张松的转述也丝毫没有当笑话说的意味，众人也就这么自然地接受了。如今大家的关系已不像当年那么密切了，或说不像当年那么腻了，不来喝酒经常都不需要理由，艾丹多少还有个理由就算不错了，哪怕这理由细想完全荒谬。

那天在座的还有丁晓禾，也就是丁小二，这外号也是缘自当年老谭还在的时候。那时艾丹三天两头招呼喝酒，每次丁晓禾必在（他和艾丹是金华老乡），且每次只喝二两装的二锅头（也就是“小二”），哪怕酒桌上有茅台、五粮液或者大瓶二锅头，他还是坚持让服务员给他上小二。丁晓禾结巴，每次大家点完菜丁晓禾必用他的金华普通话叫住服务员：“哎哎哎服服服服服服，服务员，给我拿拿两两个，小瓶的二锅头。”就此他落得个“丁小二”的外号。我记得当年他偏执狂，一般每次必点两个小二，他自己的解释是，一是小二口感独特是他的最爱，二是每次两个这是他的量。他的话：“两两，两个刚好。”显然，在那样的酒局上，怎么可能让他每次两个全身而退呢？我记得不止一次他喝过四个，有几回他好像比谁喝的都多。早年即80年代，丁晓禾也是文学青年，那个年代文学热，而且是一家独热，但凡有点追求的青年基本都是文学青年，到世纪之交我们喝大酒的时候，他的身份是书商，也叫出版人。

那天在谭超的会所，丁小二没喝小二，也没喝白的，跟谭超一样，他喝的是红酒，用晶莹剔透的大肚高脚杯，只倒一个杯底，以喝小二的速度一小口一小口地咂摸着。据说喝红酒就是要用这种大肚高脚杯，就是要只倒个杯子底，这样可以边晃动酒液边闻酒香，晃得好的话还可以观察红色酒液挂杯的各种细小差别。我相当怀疑这么个喝法，至少在中餐馆，一帮人一边大鱼大肉一边晃着个杯子底也太磨磨叽叽了，不就一口残酒么，还不赶快干了，尤其有人还真去闻，您就着韭菜花、酱豆腐、辣椒油、麻酱，搓着涮羊肉，不知能闻出什么。

我和丁小二坐对面，距离得有好几米。前面说了，那是一张可以围坐20人的大圆桌，加上灯光柔和，再加上我这些年眼神越发的不济（老花眼），所以对面的丁小二和他身边的夫人都有些暗淡模糊，只觉得他颤颤巍巍偶尔举起的巨大高脚杯分明是空的……

丁小二的这份清醒和低调，与坐在他身边的张松形成巨大的反差。张松从我这里看去同样身处昏暗之中，但张松一直在喝白酒，用小玻璃盅。如果说我看不清丁小二颤颤巍巍举起的高脚杯里是否有红酒，因而感觉像个空杯，那我就更不可能看清张松的小白酒盅里有什么名堂，但我能确定张松的酒盅一直有酒而且多数是满的，这从他举杯过程中的小心翼翼到将酒盅缓慢平移到嘴边然后快速仰脖将杯中物嘬进口中的动作一望而知。那天张松来者不拒动不动就仰脖来这么一下子，而且说话声音越来越大语调越来越铿锵情绪越来越饱满，搞得我现在回想起那天张松一直在明处而他身旁的丁小二却一直在暗处，谭超的会所再牛也不至于还带打灯光的吧？

话说那天丁小二之所以没怎么喝，也是因为不久前他也刚脑溢血，只不过他的脑溢血没有老谭严重，缓了几个月，就又可以出来混了，老谭则是消失了几年然后脱胎换骨再以谭超的面目重现江湖。

脑溢血，心梗，中风，这几年或远或近的朋友中经常发生这样的事，有人过去了，多数没过去又回来了。我印象似乎过去的反而是些体貌挺拔俊朗身体倍儿棒生活健康的主儿，能又回来的倒是些身形歪七扭八因自知病入膏肓因此拒绝体检破罐破摔终日喝大酒抽大烟生活混乱放荡的家伙们，难道是上帝或老天爷觉得后者尚没有资格进天堂但又不至于下地狱只有将他们放回人间，让他们吃苦遭罪从而自我救赎或由他们享乐放荡作孽不已，待气数已尽或升天或入地？

一声长叹

有人回来得快，比如丁小二，我经历过的回来得最快的应该算是老弛，上午心梗，中午在医院拔了管子，下午就又上了酒桌。我这么说有点传奇，但事实确实如此。那是 2006 年秋天在北戴河，那时我在北戴河租了间房子号称写东西……有人则回来得慢，比如老谭亦即谭超，他不仅是慢，关键外形变化太大，让原本跟他就不熟而且记忆力越来越差的我，对于他的重现，无异于那个老谭已经过去了，回来的这位是谭超……不知他自己怎样看这样的改头换面呢？是脱胎换骨重新做人了，还是被打回原形从头再来？还是在病痛缠绕中犹豫两端苦苦寻求，并且终于找到了一条新的道路？比如，他现在信天主教了。

后来，又见过谭超两三面，依然是在酒桌上，他的中风后遗症还是很明显，腿脚不灵，但仍然拽着腿擦着地皮环桌挨个敬酒。每次见他如此这般，刚要被其精神力量之坚强鼓舞，但马上伤感和绝望便涌了上来：他是典型的拖着一副“残躯”了，而我们这些全须全尾腿脚尚灵便的家伙又如何呢？这一切算怎么个档子事呢？

当年老谭只给我留下那么一幅豪情万丈“立饮”继而轰然

而倾的画面，而他说了什么我不记得了，包括他的嗓音、口音、语调，我统统没印象，但若让我选择，我脑海里的老谭不说声如洪钟至少也是嗓音洪亮掷地有声那种，不可能是其他。

现在的谭超嗓音有些沙哑，不至于气若游丝，但说话嗫嗫，费劲，吐字不清，有时看着会替他着急，尤其当他卡在一个地儿说半天说不清楚而那个字词又就在嘴边的时候，我保不齐就会一边死盯着他嗫嗫的嘴唇一边心里喊着“谭超加油！加油谭超！”……但通常没戏，那个可恶的字词就是蹦不出来，它的意思在谭超心里，这时我要会“他心通”就好了……好在有酒，酒可以让很多问题貌似迎刃而解或彻底烟消云散（所以喝着大酒探讨问题永远是那么愉快乃至所有问题最后都变成“没问题”——这也是酒鬼们的口头禅之一），于是在我和谭超的共同努力下，那个字词蹦不出来就蹦不出来吧。我们端起酒，我一边频频点头示意明白了然，谭超则“哎——”拐着弯地长叹一声，意思是他也“我明白了”，我俩一口将杯中酒闷掉，让那个该死的字词见鬼去吧！

这几次和谭超喝酒聊天，基本上就是在谭超这迂回婉转的一声声长叹中进行的，搞得我们俩一切尽在不言中，特别地心心相印……

嗅觉失灵

2007年春节前夕，我和阿坚、小招去承德地区丰宁县大喝了三天，回京后，嗅觉开始失灵，基本什么都闻不到了，稍重一点的气味闻起来则都是一种奇异的香，有点像加了大量香精的劣质糕点味。

走在街上，喷着黑烟的收破烂小卡车驶过，是这种糕点香；进公共厕所撒尿，是这种糕点香。擦肩而过的大美女我不敢侧视，但偶尔我会耸起鼻子悄悄吸一口，以前经常会被或淡或浓的各种香水味熏那么一下，感觉像占了便宜一般心里踏实下来。如今，甭管什么美女，全是这种糕点香，而且是劣质的；吃饭也是如此，要么味同嚼蜡，但凡热气腾腾，就像进了乡间糕点铺；抽烟像抽空气，当然咽下去还是会顶一下；喝酒像喝白开水，确信自己还没喝成传说中那类高段位酒徒的依据是，这白开水喝多了我会断片。记得当时老弛说我从一条警犬变成了一只宠物狗。

我自己以及热心朋友帮我上网查，这种情况有几种可能：一种是鼻子的问题，比如鼻窦炎；一种是颈椎问题，我肩颈酸痛确实有一两年了；还有一种，就是恶性肿瘤……

我被吓坏了。但我依然强充镇定，照常吃喝胡混，但我心里会想，再给我一年，最好再给我两年吧，或者还能再耗十年，我最该干什么呢？我当时可能想到了写作，但肯定没有“再让我写点好东西”一类的想法，我基本就停在“再给我多少时间”这里不动了，可见我骨子里就是个混子，没准潜意识真正想要的就是再让我大吃大喝兼狂嫖它几年，只是我不好意思这么想而已……

一次酒桌上，一个坐我身边的女孩听我说嗅觉失灵，她掏出随身带的香水瓶拧开盖让我闻，开始我闻不到任何气息，但我喝得有点多，将鼻子紧贴瓶口狠吸了一下，伴随着糕点香我终于闻到了一丝真实的香水味，我说，我闻到了！女孩兴高采烈地说，狗子闻到啦狗子闻到啦，狗子好啦！我记得我当时竟然眼里有点潮湿了……

那时我爹在北大医院住院检查兼疗养，他老人家知道了我的状况，找熟人用他的名字为我做了一次鼻部 CT，那是我平生第一次做 CT（但愿也是最后一次）。我躺在 CT 机坚硬的平板上被缓缓移进那个既像火化炉又像水泥搅拌机一般的大圆筒，圆筒轻轻转动，时不时发出嗞儿的一声……检查结果，鼻子没有问题，医生建议我去宣武医院，那儿是脑神经专科医院，她说有可能是脑部的问题。

我记得那天从北大医院拎着 CT 片子出来，站在厂桥街边的公交站等车回家，那是上午，街上人不多，阳光明媚，是北京难得的好天气。我当时不知怎的下定决心，哪儿都不查了，爱谁谁吧！我是在想这最后的好时光千万别在医院里度过吗？

其实不是。现在想来，我当时大约是在赌博，我以上说的都是我的最坏想法，这样的想法（再给我一年）在当时并不占我思绪的主流，大约我也不敢或说我承受不住老那么想，我更多想的是其实没事，或者就是颈椎或什么地方出了点毛病而已，过段时间会好的。我不愿再去医院检查，一是被那火化炉一般的 CT 机吓着了，二是好像受到了什么侮辱。躺在圆筒里的感觉实在是糟透了，你完全无能为力，每嗞儿一声，你身体内部的一个切片就被它清晰摄取存为底片，凭什么？那个晴朗的上午，我站在街边，拎着那张装在巨大白色塑料袋里的 CT 片子，有心找个垃圾箱扔了，又觉得过于戏剧化，遂作罢。

当时，还是用我爹的名字，我开了一堆王刚做广告的那种“颈复康”。

我当时不仅没让那“最坏想法”统治我的生活，一度我还胡思乱想兼乱翻书，得出这么一个隐秘（现在看来简直是丧心病狂）的结论：莫非我的嗅觉失灵是高人得道前的一个信号？

要不怎么闻什么都是香的而不是臭的呢？哪怕是劣质糕点香？我正处在“见山不是山见水不是水”的最后阶段（在我体现为闻什么不是什么），离得道还有一步之遥，跨过这一小步，整个大千世界将会重归活色生香并且历历分明令我神清气爽……

当然，这个想法我当时也觉得忒不靠谱，偶尔冒出来我顶多一笑置之，但它确实冒出来过。

大约半年后，嗅觉慢慢开始恢复，因为不是一下恢复，所以我好像也没有什么特别的惊喜。首先应该是糕点香基本闻不到了，又过了半年，基本算正常了，当然直到现在。我的嗅觉跟正常人或跟我正常的时候比，还是达不到，经常很多别人能闻到的气息我无知无觉，但是，我又能吃香的喝辣的了，软中华就是比红梅红塔山好抽了，于我这似乎已经足够了。

我重回见山是山见水是水的世界，只是这个世界比之前不仅没有历历分明令我神清气爽，反而更加模糊混沌乌烟瘴气了。难道我曾经须臾离开过这个世界半步吗？嗅觉失灵应该算是我差点从这个滚滚红尘的大千世界漏下去的一次经历吧。

这些年，我东鳞西爪地看了些医学知识，觉得我的那次嗅觉失灵很可能不是源于2007年承德丰宁的那三天大酒，而是源于2006年底我喝多了的一次脑震荡。那是在崇明岛，一个叫小炜的哥们儿背着喝晕的我上楼梯，我从他背上松了手直接后仰脑部着地，那次我恶心了三天。医学上说，很多脑震荡会造成轻微脑出血，这样的出血当时没事，但它是慢慢渗出，可能一两个月甚至更长时间后损伤到脑部神经，造成各种症状，严重的有可能半年前的一次脑震荡，半年后要了你的小命。

十年过去了，我既没死，也没得道。前者是早晚的事，后者，以我现在吃吃喝喝动不动还牛气哄哄的样子，我送我四个字：想都别想。

你们的城

这些年来，在北京，我最经常的活动——或叫运动——是遛弯。一般遛一两个小时，也有三四个小时的。

喜欢在繁华闹市遛，不爱去公园，据说颓废主义鼻祖波德莱尔跟我一样，他最讨厌的就是在巴黎街头空空荡荡的时候遛弯，喜欢人多，灯红酒绿那种。

有时会经过昆玉河畔，因为我爸家离河边不远。这算是我的遛弯路线中唯一自然风光乍现的一段，尤其春天，河水清澈，不急不缓，绿柳拂堤，这景色有时让我感觉像是回到我们国家50年代拍的那路歌颂社会主义新人新事讽刺落后青年的黑白喜剧电影中，幸福感及各种不真实感涌上心头。

曾经遛到缸瓦市教堂，进去过两次，有一次是一个夏天的傍晚，礼拜堂内坐满了人，看模样多是附近的大爷大妈或闲汉，原来是在放一个有关基督教的外国故事片，英语对白有中文字幕，我看了十分钟，出来继续向南，奔西单霓虹深处而去。

当然也会经过寺庙道观清真寺。一度，广济寺（中国佛教协会所在地）门口的乞丐猖狂到几乎要拦路抢劫一般。

白云观门前一年四季从早到晚都是各路江湖术士的聚集地，以算命的为多。一次，一个算命老头拦住我说：“老同志，算一卦吧。”我避开。再一次，一个中年妇女拦住我说：“相个面吧大哥，您肾不好。”我避开，她在我身后追着说：“仅供参考啊。”我想起跟她同属一个级别的阿坚在酒桌上每每捏着女孩的手看手相时必说“你胃不好”。

一次在白云路，一个新建的街心公园，似乎是北京城初建时的什么遗址，一块汉白玉说明碑前立着两个女大学生模样的女孩，其一双手扶碑似在仔细看碑文，我凑上去也想看，双手扶碑的女孩哇地一声吐了起来，原来她是身体难受……

雾霾。

街闹。

交通堵塞。

多次遇见远处走来的美女却偏偏被一棵树挡住身影，我不肯变速更不可能变向，于是我跟美女就在这棵树的遮挡下擦肩而过……

夜晚饭馆大玻璃窗内无声无息吆五喝六开怀畅饮的男男女女。

傍晚遛到我们常聚的饭馆门口会犹豫再三。有一两次进去了，扑个空。

天暖的日子遛弯结束会在家门口买听啤酒坐楼下喝完再上去。

碰见过三两个“粉丝”，都是男青年，您是狗子吧？一般会互留电话，有后来成为酒友的。

多次碰到“没钱吃饭实在饿得慌”的骗子，他们行骗的地点附近绝无卖吃的店铺。我无聊兼较真，一次跟一个背双肩背包冒充女学生的骗子说，走，我带你去买吃的，女孩老大不乐意跟我走了半站地到一超市门口，她说在门口等，我进去买了面包饼干饮料，出来骗子已经不见踪影；还有一次是一老头和老太太，操山东口音，我地界熟，说跟我来。二十米开外一小街口内即有一小卖部，我带俩骗子到柜台前，说来袋面包和两瓶矿泉水吧，老头这时打断我，说要吃方便面，而且指着最贵的一种方便面。我怒说，方便面没开水怎么吃？老头老太太笑嘻嘻坚持要方便面，我跟小卖部伙计说哪种最便宜来两袋……后来有一次又遇到俩背双肩包扮女学生的骗子，我没理她们，走出百八十米后回头看，发现她俩与马路对面的几个男青年会合到一起有说有笑……从此，这路骗子我再没搭理。这两年，这路骗子少了，似乎骗术跟时尚流行趋势一样，每年都有所不同。

有次下午遛弯在繁华街头碰见一中青年女的问路，她问您知道20路车站在哪儿吗？我脑子狂搜索半天，告诉她这附近方圆几里内没有20路啊，她想了想又问，那您知道哪是北吗？我指给她，她接着想，还问，那东呢？我指给她，她还在想，又问，那西呢？我说当然是那边啦，指给她，刚想走，她又问，那南呢？我都有点蒙了（不是方向上），也想了想，继续指给她……

有时遛弯经过电话亭，电话会忽然响起来，一般不接，有次无聊，拿起来接，说喂？电话那头一个爷们：哦王哥吧，徐姐在家吗？我有心说徐姐不在你哪位？但大约还没无聊到这个地步，沉吟下说你打错了吧？那头说，哦？是吗？哦，便挂了。

科学家说，像我这种遛弯，人体内会分泌内啡肽还是什么，总之类似毒品的物质，它会让人欣快、兴奋乃至成瘾，通常这类运动有益健康，但也有个别人成瘾太深只有不断加大运动量才能体会到欣快感，即所谓运动成瘾症。每年因为这个病在欣快中累死的颇有那么一小批，他们会像弘一法师那般悲欣交加吗？阿弥陀佛。不管怎么说吧，死于此总比死于酒精中毒要强多了吧。所以，每每当我在街头走得兴起，我常会在心里感谢老天爷，感谢上帝！

去年雾霾红色预警的那些日子，几天没遛弯，一天傍晚毒瘾发作，遂不管三七二十一，一头扎进伸手不见五指的雾霾城市中（我一直没有戴口罩的习惯）……那些天，白天街上人车稀少，此刻下班时分，街上才稍微有了点人气，某些繁华路口，人流依旧匆匆，结束了一天工作的青年男女们依然难掩轻松下来的兴奋，隔着各色各样的口罩欢声笑语；无照摊贩们肆无忌惮地大声吆喝（城管估计早歇了），一男一女两个老农兜着一棉被的香蕉兴高采烈地几乎就摊在了马路中间；各种电动车如过街老鼠般无声无息四处乱窜，有时简直就是冷不丁从你腋下倏忽而过，让你在受惊的同时也未免不暗叹其车技高超……

此刻，天已擦黑，路灯、霓虹灯亮了起来，浓重的雾霾里，使人仿佛置身于西方 20 世纪三四十年代拍的——描写 19 世纪八九十年代燃着煤气灯的伦敦街头——黑白影片中，这一切荒唐、欢乐、真实，我喜欢……

雪夜小馆，马康和他的大新疆

那年冬天，因为情感失意，我一直情绪比较低落，甚至时不时有要崩溃的感觉。我小时候接受的教育里有那么一句话："个人的事再大也是小事，集体的事再小也是大事。"在北京，可以说我的集体就是我的酒友们，于是可以想见，那个冬天，我基本上就是在酒局上度过的。我经常彻夜大酒，不爱回家，有时睡单位，有时睡朋友家沙发，也偶尔一个人去快捷酒店开房，就这么着一直喝到春节，我的情绪已经跌到谷底。

什么时候可以触底反弹？这是我当时脑子里常转的一个问题。

春节期间，南京哥们儿马康来北京走亲访友，一天夜晚，阴差阳错我的酒友们大概都喝残了，结果变成我和马康俩人坐在西直门桥头拉面馆里对饮。那天，北京下了一天的大雪，我们俩进饭馆时雪刚停。饭馆外霓虹灯、橘黄色的路灯映照在雪地上，然后又反射进依然没有散去的雾霾之中，我感觉窗外的夜晚是红色的。

马康是摄影师，我认识他有些年头了，但其实并不很熟，只知道他这么多年来一直以新疆作为拍照题材。印象中，每次见马康，他的话题喋喋不休永远是新疆，没别的，有点走火入魔的状态，有些人甚至有点怕见他。好吧，那个雪夜，在西直门桥头小馆，在红色的北京，就让一个沉湎于个人情感中的小男人，单独直面马康和他的大新疆吧。

我点了啤酒和小二，一碟拍黄瓜，一碟豆腐丝，一个小碗牛肉，马康要了一碗拉面。我一口啤酒，一口小二。马康陪我喝啤酒，他有酒量，但似乎很少喝大。马康是穆斯林，父亲回族，母亲那边略复杂，马康的外公是乌孜别克族，外婆回族，也就是说马康有 1/4 的乌兹别克血统，所以马康的相貌一眼便知来自中亚一带，也是因为这个长相，后来让他与新疆结下了不解之缘。

马康说他也不清楚祖先是什么时候从西域那边迁过来的了，总之他从小在南京老城南七家湾、甘雨巷一带的老回民社区长大。南京算是我比较熟悉的城市，他说的那一带，我一无所知，就此他打开了话匣子，跟我普及了伊斯兰世界在全球的分布图，他说中国华东地区处于伊斯兰世界在欧亚大陆的最东端，这方面南京又具有比较典型的意义。他说虽然生长在那样的回民家庭和社区，但从小到大，穆斯林的氛围并不强烈，但饮食和若干习俗方面的差异还是让他意识到自己的少数民族身份，对此，他很小的时候就有一种想追问“我是谁”的冲动。

桥头小馆没有卫生间，走肾要去饭馆外面僻静处的大树下。好在这里我很熟悉，周围哪有大树哪有树丛门儿清，这几家小馆是拉夜活儿的北京的哥聚集地，常年营业到清晨，我多次跟哥们喝多了来这儿吃拉面暖胃兼醒酒，也多次在这儿把本来半晕的自己整到断片。印象深的是有一次在桥头小馆喝到凌晨打车回家，给了司机一张一百的被调了包，第二天我不明所以恬不知耻地继续用那张假币买烟，卖烟的一大姐接过去像被烫了一般塞回我手里，说您这也太假了吧。我一摸确实，那张百元大钞有一般纸币的两倍厚，我一边道歉一边意识到肯定是凌晨打车时出的岔子。昨夜我喝得还不算太多，我记得凌晨时在出租上我给了司机一张一百的，司机接过去翻了会儿钱包说找不开然后退给我一百，并说您有零钱吗？我兜里只有不到十块的散票，司机说，嘚，就这么多吧。那个点也确实没地儿换零钱，我下车还觉得占了老大便宜遇着好人了……我用真币买了烟并且当时就从兜里翻出的票（这么多年喝多后打车丢了无数手机以至于我养成了打车开票的好习惯），我按手里那张模糊不清的票上的电话打过去，是空号……还有点印象的是，那天我买完烟一边搓火一边打车去办什么事，上车后我偷偷捏了捏兜里的那张假币，假币实在太假了，即便不那么假我想我也没有勇气以其人之道还治其人之身，的哥的姐可都是火眼金睛啊，于是我忍不住跟司机说了刚刚的经历。这趟车的司机的表现让我火气全消，这哥们在我接下来的打车过程中一直义愤填膺地大骂同行中的败类，最后都有点气急败坏了，搞得我下车结账时有心给他张一百的真币别找了……

回到那个雪夜，我多次起身去饭馆外走肾，感觉雪后北京那个红色的夜晚并不寒冷，尿落在积雪上直接就是一个洞，热气腾腾，大概我的热量就是这么被带走的，以至于我每次返回饭馆反倒浑身寒战，于是更多地喝起了小二。马康坚持小口喝着啤酒，他还在说新疆，并且拿出相机不时拍两张。也许是酒后随便什么话题都让我觉得有趣吧，那天，我听他聊新疆，不仅不烦，而且渐渐也兴趣盎然了起来。新疆那么遥远，新疆那么广阔，而我们那么渺小，我们个人的那点情感又算得了什么呢？

新疆我去过一次，那是 1993 年的秋天，跟发小黄燎原去那边拍纪录片。那次新疆之行，我没什么特别的印象，大概因为我们只去了乌鲁木齐和吐鲁番，接触的也基本是汉人。有点印象的是乌鲁木齐街边的羊肉串嚼不动不好吃，再有就是那是我头回坐飞机，我有恐高症，而且我们坐的是图 154，当时就知道这款飞机不太靠谱，搞得我被吓坏了，喝得大醉几乎是黄燎原把我给塞进了机舱……

马康说，他是 1994 年第一次去的新疆，想来他接触新疆还比我晚一年。他说 1987 年或 1988 年，有一天他在街边喝酸奶，一帮在南京河海大学上学的维族学生看他的长相便用维语和他打招呼，一来二去就成了朋友。河海大学有个新疆班，多年来一直招收维族学生专门为新疆培养水利人才。到了 1994 年，应已回到新疆的河海大学维族朋友们的召唤，他第一次进疆。那时马康已在从事摄影，但并不清楚在摄影这条路上往哪个方向走，但自打去了新疆，他似乎感觉到了方向，以至于这二十多年来，他几乎每年进疆，而且一去就是十个月最少两三个月，所以与其说马康是南京人还不如干脆说他来自新疆更合适……马康的镜头这二十多年来再没有离开过新疆，而且除了生活照，他所有的照片都是关于新疆。他说他走遍了新疆南北，特别是在喀什，曾经的老城建筑群最有南疆特色，拆迁以后面貌变化反差巨大，所以他到喀什、和田的次数最多，滞留的时间最长。他跟我历数新疆除维吾尔族以外的其他少数民族，他住小旅馆或新疆各地的朋友家，他坐火车、长途车、搭车甚至牛车……

为什么新疆让你这么着迷呢？我问。马康说，因为遥远，但又很近，他说我的祖上就是从这边离开的。当然，最让他着迷的是新疆的美丽以及由此而来的一种魅力，这种美丽和魅力不是一般人能理解的，它令人目眩，又令人心酸……我觉得我当时理解了，因为忽然我眼里噙满了泪水，我把头侧到一边，尽量不让眼泪流出来，这时我发现靠墙边的一桌孤零零坐着一个姑娘，姑娘也在喝小二，我让泪水干涸，起身坐了过去。

接下来的情节可能与新疆无关了，我们喝到半夜，那姑娘后来跟我们坐到了一桌，我们给姑娘点了肉串，但印象中她不怎么吃，就是空口喝小二，酒风跟我一样正啊。她穿一件磨得很旧的灰绿色薄棉衣，长得不醒目但其实算漂亮，身材不高但是瘦，几乎就是我最喜欢的那类了……她说在等她男朋友，我说你跟我们坐在一起等没事吧，她说没事，于是我跟她对饮起来，但聊了什么我现在都忘了。我想我那时候已经喝大了，只记得姑娘出去撒尿我把她带到僻静处的大树下——别误会——我背对她在几步开外为她守候……后来，马康终于有点扛不住先撤了，离开了新疆，马康难以为继。

我和那姑娘喝到凌晨，她的男朋友一直没来，但我印象中我们俩聊得挺高兴，应该是酒精的作用吧，我们互留了电话，但也仅此而已。我应该想过是不是去开房，但出了饭馆，走进北京雪后已经是暗红色的深夜（因为黎明前是最黑暗的时刻），我们还是各奔东西了，我不知道是不是我们都觉得这样已经足够。

第二天是一个大晴天，空气清新凛冽，我手机里有我和姑娘凌晨互道平安的短信，我犹豫了一下，然后连短信带号码一并删了，姑娘从此再无音讯。

大约两年前，西直门的桥头小馆也已被夷为平地，但不得不说，那个雪夜，给我留下了感动或者感伤的记忆，我想除了绿衣姑娘，肯定也与新疆有关。

卡拉OK猪在飞扬

2017年9月20日。北京第一场。

今天是话剧《卡拉OK猪》的首演。下午三点剧组成员在东单先锋剧场集合。进剧场前，我在门口超市买了几听啤酒，顺带买了一听咖啡饮品和一瓶类似红牛的饮料。太累了。

昨晚排练完，我和大辛、韩硕又到附近的小店喝了一气儿，喝到三点。自从排练以来的这一个多月，我们仨几乎天天如此。导演陈明昊说我们是铁三角，太敬业了，每天都自个儿给自个儿加练。这个戏就是把酒局搬进剧场。

剧场里，女演员到的多。舞台上的角落里，有一哥们儿，忘了是海东还是老储，在躺着睡觉。总的感觉，排练以来，似乎男的特别容易累。

导演陈明昊迟迟不露面。工作人员还在装台和调灯光什么的。之前的两三天，陈明昊说演出时他不来现场，你们随便演，我在外面跟朋友吃饭，你们和观众通过视频可以看到我，我也可以看到你们。

微信群里传来韩硕拉肚子来不了的信息。他不来我觉得有点遗憾，韩硕台上台下都一个样，就是不紧张，有点定海神针的感觉，至少对我而言。韩硕胖大魁梧，一头乱发，胡子眉毛也呲着，好似李逵走进了现实。

我和大辛、花道去剧场外抽烟。北京秋天的阳光很是和煦。

大辛做连锁便利店，曾在英国学过几年商科，他说在英国每天一瓶威士忌。“花道”的原名我忘了，他在北京有一个工作室，经常举办各种花道活动，办班搞讲座什么的，同时他还为机场等公众场所做大型花道装置，看他手机里的照片，美轮美奂很是壮观，也有一两枝小景观的那种，应该用“意趣深远”来形容吧，我是不懂。花道告诉我，“花道”与“花艺”有本质不同，简单说前者属于东方，后者属于西方，我觉得他没好意思说前者更牛。有一次我问花道，我说给你半块砖头一根胡萝卜一块烤白薯，你能给我弄个玩意儿吗？花道眼都没眨说，可以呀。这个我小有领教，某次排练，花道用羊肉片、菜叶子、竹签子插在一个啤酒瓶子里，倒也煞有介事的，说是一个作品我觉得不为过。

十几年前，花道陪媳妇去日本读书，媳妇报了个花道班，没学两天不爱学了，花道接了过来，一学就是十几年，没想到真成了花道大师。他说他完全没有想到有今天，他年轻时曾经想当作家来着。我说幸亏你没有啊。花道说花道班里男女比例是1 ：9，日本也是这个比例。我想，不用说，都是有钱有闲人，尤其那九成女的，至于那一成男的，我猜就是酒吧侍者宾馆服务生什么的，一成就一成吧。

《卡拉OK猪》有近20位演员，大部分都是像我、花道、大辛这样的非职业演员，我们来自各种行当，都是陈明昊这几年四处慨搂来的各路“神人”。韩硕是摄影师，平时喜欢看动漫嚼槟榔；祥子哥是饭馆老板；吸管儿是电影导演，素食者，新拍的电影正在广电总局送审，内容涉及中国西藏、叙利亚；老储是DJ兼自己做电台，还自己酿啤酒；海东是画家，喜欢打篮球；川儿哥是画家，他是德州人，给大家买过扒鸡；还有一位中医付大夫，信道教；斯坦姐是网络写手，喜欢谈恋爱而且要求明确苛刻——必须是90后披肩发及臀的男孩；比较职业的是郝蕊，她演过电影、电视剧。再有就是在剧中扮演黑衣人，是四位舞蹈演员：跳现代舞的刘正，学民族舞的俊一，还有大约是现代舞、民族舞都跳的小黑、陈琳，小黑好像还是练武出身。

上面“哥、姐”的称呼显然是社会风气使然，不代表年龄。在剧组里，我年龄最大，有时想到这一点，有一丝孤单。这些年社会上干体力活的爱以“哥、姐”相称，卖菜的、开出租的、送快递的，好像也包括演员，这是说演员没文化属于体力劳动者吗？据混过演艺圈的张弛、唐大年说，真就是那么回事。大年还说，陈明昊不同（陈明昊本职工作是国家话剧院演员），他毕业于著名的中戏表演96班，同班的有刘烨、章子怡、秦海璐等。那时他极被看好，按大年的说法，这哥们儿后来误入“艺术”的歧途，彻底耽误了在演艺圈的名利双收。

我没觉着我们这个剧组没文化。还是说我就没什么文化？这就是为什么这些年总有人找我演这个演那个，就是没人找我写剧本的原因？

一小时后，陈明昊还是来了。韩硕大概是在陈明昊的再三催促下披着件棉袄晃晃悠悠也来了，他说冷。中医给韩硕扎了针灸，有半个小时，韩硕平躺在角落里一张当道具用的破沙发上一动不动，他满脑门子汗珠，肚子、脚腕子上扎着几根银针，大家轮流去围观，像是遗体告别又像是在博物馆里俯看展柜里的木乃伊。针灸确实也算我中华非物质文化遗产吧。在后台大家把戏又口头上顺了一遍，又有不少改动。在戏里我挨着郝蕾坐，她流程记得准。然后自由活动，6:50准时在后台集合。

昨天半夜陈明昊在群里发了条微信，大意是：大家放弃吧！不要再做无谓的努力了！任何努力都是徒劳！我印象群里没人回应。我猜是排练以来大家对陈明昊的各种颠三倒四已经有点习以为常见怪不怪了。一个多月的排练和准备，一群“乌合之众”,如何成立一部戏（包括破坏式的成立）确实是个问题，现在看来，这几乎是一个不可能完成的任务。我不是为这个戏的“失败”找借口，到现在我也不认为这个戏失败，正如“卡拉 OK 猪在飞扬”绝对不是一个病句。

今天一帮朋友会来看戏，我让张弛、唐大年带点鸡蛋、西红柿什么的，张弛说买两斤肉包子带去，大年说我带弹弓去。

6:50 后台集合，火锅已经点上了，可以吃了。刚才我和大辛、吸管儿、花道、川儿哥、祥子哥已经开喝了。韩硕在喝饮料，他说不冷了。陈明昊时不时嘬一口威士忌。7 点了，还有演员不见踪影。舞台监督来问了几遍你们准备好没有。陈明昊皱着眉头来回溜达着嘟囔：我头回见这么牛的剧组，首演观众都进场了，人还不齐。

舞台监督叫“弟弟”，据说当年他和他哥都在上海戏剧学院读书，因为这哥俩长得太像了，跟双胞胎一样，同学们为了便于区分兼强调长幼有序就直呼他“弟弟”。至于他哥，我想上戏的同学们应该不至于弱智到就叫“哥哥”吧？

我们的演出是从观众席上开始的，演员混坐在观众之中。我穿着一件超大的绛红色西服，拖鞋，裤子我忘了，因为每次演出都是从一堆剧组成员从家里带来的旧衣服里随便挑一件乱穿，我西服兜里有一听啤酒。我前排坐着两位浓妆艳抹穿超短裙的美女，她俩入座时我便注意到了（没法不注意到），美腿确实很诱人。我“噗”的一声打开啤酒，然后身体下滑膝盖轻轻顶在前排椅背上慢慢喝起来，我确实不是有意的，将身体团成一团膝盖顶着前排椅背是我常年养成的懒散习惯。我见前面俩美女交头接耳了一下，然后她们起身，绕到我的斜后方坐下了。我对她俩深感失望。

整场演出我都是晕的，不仅这场，未来的几场也是如此。在台上，我瞟过几眼台下的老弛，每次丫都在低头看手机。没挨包子，更没挨弹弓。

演完随剧组去美术馆后街接茬喝，据说我在酒桌上脱光了一把，还原地摔过几个跟头，川儿哥说“扶都扶不住”。当晚以及日后，我问来看戏的朋友，10 分制，你打多少？我得到的反馈最多 4 分，最少 1 分，好像一姐们还给了负分。网上评价似乎也如此。这反而愈发让我确信：卡拉 OK 猪飞起来了。

是我脑子喝坏了吗？抑或是，这一个多月来的排练终于没白费，我已成功变成一头猪了？

2017 年 9 月 25 日。杭州第一场。

因为没力气张罗了，杭州的当地朋友我只通知了小郑。小郑是国美国画系毕业，据说（据他说）他临摹的古画经常让他们老师误以为是真迹。小郑曾在北京混过几年，我们经常连续作战彻夜大酒。我对小郑说带点啤酒来。

演出在武林路的“小剧场”，剧场一看就有年头了，原先属于浙江省群艺馆，估计当年演过不少样板戏、地方戏之类的。剧场门口有各色精美的小吃店，不远还有个卖服装百货的夜市。后来听小郑说，那叫武林夜市，他上大学时相当火爆。

傍晚时分，我坐在剧场附近的街边长椅上缓神，或者说捯气儿。演或者说喝到这份儿上，我确实有种强弩之末的感觉。我捏着听啤酒，穿着那件超大的绛红色西服，短裤，拖鞋，腿上是剧组里不知哪位姑娘的健美裤。眼前经过的少男少女青春洋溢。天已擦黑，没人注意我。

我是昨晚 10 点多到的杭州。杭州湿漉漉的，还有点闷，典型的南方城市。我们住的华侨饭店距西湖也就 100 米。办完入住手续即奔大辛、韩硕的街边摊。

喝大了。断片了。

今天中午醒来我冲进大辛、韩硕的房间翻箱倒柜了一番，一无所获。我的包喝丢了。包里有身份证和 1000 块钱现金，还有家门钥匙。

只记得从街边摊回到大辛、韩硕房间接茬喝，后来深更半夜和大辛在西湖边长椅上喝，再后来和大辛打车去吃早点。韩硕说离开街边摊时是他亲手把包挎在我肩上的。今天大辛和我去西湖边的长椅附近巡查，没有。至于早点铺，我和大辛绞尽脑汁也想不起来是哪家了。出租车没开发票。

我有一种断了后路的感觉，一种虚假的亢奋感。你也可以说，就是喝傻了。

小郑拎着一塑料袋啤酒从我眼前经过，我叫住他，他扫了眼我那身打扮，没多说什么坐下来抽烟。我说这剧你要看不下去就出来喝酒等我，当然更欢迎你上台喝，而且你可以随时打断表演，我知道小郑喝了酒偶尔会发飙。小郑说我这辈子这是

第二次看话剧，第一次在北京，也是你演的。我说这规矩好，别破了。我想这一点都不难，什么话剧、音乐会、诗会、画展，倘不是哪个朋友中了邪无事生非，何必去那种场所遭那份罪呢？除非你是个附庸风雅的家伙。艺术已经完蛋啦，只有卡拉OK 猪在飞扬。

看来我真的变成一头猪了。

我拎着小郑的那袋啤酒进剧场，小郑在门口等另一个杭州朋友小姚。

开演前，大家聚在舞台上，陈明昊说，来吧，中医。中医付大夫双目微闭双手合十，口中念念有词一番，然后睁开眼来。陈明昊说，哪边？中医朝一个方向点了点下颏，大家集体朝那个方向双手合十拜了三拜。然后围成一圈，手攥在一起，大吼一声：卡拉 OK 猪，牛逼！

或许这一拜还真管用了（以前没拜过），我觉得杭州首演算是我们这几场演出最成功的，至少最热闹，一度得有二十来位观众上台吃喝，后来得知有一半是陈明昊的朋友黑猫剧社的，他们也来杭州演出。中间和观众问答也持续了半个多小时。

信道教的中医每次演出前在后台都会找个角落正襟危坐捧着本小书念经，他说这是每天必做的功课，一天好几次。中医付大夫绝非你想象的那种中式马褂戴金丝边眼镜留着长指甲招摇撞骗的“老中医”形象，他就是一小伙子，瘦高，背微驼，眼神清澈略微有点发直，平时一身运动装，有点像总也毕不了业的体校高年级学生。他是广西人，据说他原本是警察学校毕业的，后来又考上了中医学院，他在北京有自己的诊所，经常国内国外飞来飞去给人看病。

演出结束后，我问小郑怎么样？小郑说，比我想象的好，我以为我坐不住，没想到两个小时很快就过来了，可以接着演啊，反正有吃有喝的。这是我听到的关于这个戏的最高评价了。小郑绝对是真话。

这话没多久竟然应验了。

在华侨饭店旁边一家餐馆的二楼露台上，因为有黑猫剧社的加入，酒桌拼了得有 10 米长，我和小郑、小姚坐在酒桌的一头。一开始我们仨只是互相敬，喝着喝着敬酒范围开始蔓延，从身边开始，然后是隔空对眼神，喝多的人眼神好对，都是一副胸怀全球放眼未来迷离善意或说愚蠢的目光，喝到一定份儿上，也不用对了，只要一抬头，你就会沐浴在这愚蠢的光芒里，端杯就是了。这之间，我和小郑、小姚起身至少挨个敬了一圈，我把小郑、小姚介绍给央美的海东和川儿哥，我说这是我杭州朋友，国美的，川儿哥以其一贯的谦逊一边跟小郑碰杯一边说国美好国美好。敬到郝蕊时，小郑说这戏里你演的最好，郝蕊被小郑这一说搞得手足无措，慌里慌张干了一杯。

再后来，我间断性地失忆了，能想起来的是我在大辛、韩硕房间里喝酒，一个姑娘慌慌张张跑进来说不好啦不好啦花道大师把刘正给开了，血流了一地……

第二天，大家散坐在剧场观众席上，刘正头上裹着纱布戴着网罩面色冷峻（刚才在门口他说缝了七针，不敢笑，一笑就疼），大辛双目紧闭直挺着身体斜在椅子上，脑门上是黄豆大的汗珠，裸露的手腕、脚腕上几根银针在微微颤抖，他发烧了，中医在给他针灸退烧。韩硕和灯光师李想也仰在椅子上，每人将一瓶冰冻矿泉水单手按在脑门上。这俩不是发烧，这俩是怕热，剧场里平时没空调，这是他们临时想出来的降温手段。

陈明昊背靠舞台抱着双臂看看大家，又仰头看了会儿剧场穹顶，然后叹了一口气说，唉，能演就不错了。

进剧场前，大体已搞清了昨夜的真相，此事与花道无关，来报信的姑娘也喝多看走眼了，实际是，小郑依旧不停向郝蕊敬酒并絮絮叨叨，郝蕊平时不喝酒，被小郑搞得东躲西藏的，川儿哥也没少喝说了什么，双方言语多有冲撞，气氛激烈起来，眼看央美和国美要掐起来，关键时刻，在一边的刘正拎着啤酒瓶子照自己的光头上拍去，顿时血流如注……

跳现代舞的刘正平时不显山露水，只在舞起来的时候魔力四射，在我看来的各种高难度动作在他就是小菜一碟，但在酒桌上要想平息事端现代舞似乎无用武之地，还得来天桥把式的那一套。

昨夜还能想起来的是，天亮的时候，找包的冲动又强烈起来，我拉着大辛冲出酒店，说按前夜的剧情我们再走一遍。这天西湖大雾，几乎伸手不见五指，我和大辛冲到湖边险些把练太极拳的老头撞进湖里……

还有印象的是，在二楼露台上气氛最热烈的时候，我光着脚跑到楼下用宇宙语向楼上敬酒，这宇宙语是我瞎编的一套叽哩哇啦的噪音。在戏里我仗着酒劲儿动不动就喷那么一段，彼时我抬头仰望灯火通明的二楼露台上探出的身影和伸出的酒杯，他们身后正是那高远漆黑深邃莫测的宇宙，恍惚中，我体内发出的噪音在那一刻终于变成了语言……

桓仁纪行

沈阳

出了沈阳北高铁站，天刚擦黑。朋友小姚开车来接我。

街道很宽，街灯昏暗，路面有些不太平整，街边大多是影影绰绰半明半暗的六层居民楼，偶尔有小饭馆，街上车不多，小姚几乎是一路狂奔就到了宾馆大堂门口。

我第一次来沈阳是1992年，那时感觉这里跟所有的省会城市差不多——有宽敞寂寥的市政府广场，有熙熙攘攘的商业区，城乡接合部是大片的棚户区，这里暴土扬尘鱼龙混杂……之后的几次，每次来，沈阳越来越带给我一种鲜明的感受——

它就像一个驻足不前并且在一步一步后退的巨人。在这个飞速变化日新月异的时代，沈阳的不变乃至退化显得个性十足，就像一位曾经辉煌现在即将告别舞台的演员，一边卸去装束一边冷眼旁观，这不禁令我心生敬佩和某种异样的感动——这就是一个走马观花事不关己的“文化人”令人鄙夷的情调和腔调吧（米兰·昆德拉爱谈论的“刻奇”大约指的就是这种）。

宾馆大堂内明亮的灯光映衬出门口一高一矮两个黑影，矮的是这次笔会的操办者《航空画报》的程远（也是多年朋友了），高的是抚顺来的朋友国勇。拥抱、寒暄、让烟、登记、入住——又出门了、又离开北京了、又到外地了！我除了用“感觉真好”来形容此时的心情，也没什么新词了。

晚饭在宾馆餐厅，见到了多年不见从杭州来的健雄，还有同样从北京来但比我提前一天或一小时到达的老弛、蓝石、阿坚，后来老弛说程远让他当北京团的团长，他说他当不了。老弛说一共就四个人，从北京到沈阳这点道，分乘四趟车，个性之强可见一斑。

我很少参加笔会（当然是没人请），这应该是我参加的第二个作家笔会。要说个性，这次程远从全国各地张罗来20多位作家，个顶个的有个性，但大概因为大多数都是写小说散文的，个性内敛的占主流，所以在未来几天的活动中，虽说天天大醉，但没出什么岔子，不像诗会。我参加过两次外地举办的诗会，每次都打架，一次是内讧，叫了120；一次是跟饭馆伙了起来，120、110 都来了。

餐厅喝完，沈阳当地朋友又叫上几个能喝的（包括我和老弛）去街边排档继续喝“老雪”，就是老牌子的雪花啤酒，据说这酒度数高、口感正，事实证明这酒度数跟新版雪花差不多，我觉得口感还不如“新雪”。喝到夜里一点，沈阳朋友力邀我们去歌厅，但大家都已精疲力竭，遂作罢，那哥们儿颇有些不高兴，程远说这就是沈阳人的性格。

桓仁

第二天早饭后，坐大巴去桓仁。桓仁是此行的目的地，此后几天的采风及讨论都在桓仁。桓仁是满族自治县，以风景秀丽著称，看《桓仁县志》，这里清末设县，本来叫怀仁，民国初年，因为山西很早就有怀仁县，所以这里改名为桓仁。想来，中国以“怀”打头的地名太多了，怀仁、怀化、怀德、怀来、怀柔、怀安、怀远、怀宁……不知这算是统治者美好的心愿呢，抑或简单就是儒家文化在地名上的体现？二者兼有吧。

在大巴上一路昏睡，睁开眼已抵达桓仁县教育宾馆，下了车，感觉天高云淡，空气清爽，周围看不到高大建筑，很是空旷，有点边陲小县的意思。这里离朝鲜不远。

下午，大部队去参观附近的一个溶洞，我因为前几天在杭州把身份证喝丢了，宾馆办入住需要去当地派出所开证明，这给了我一个脱队的理由。我对风景名胜一向没有感觉，甚至有点抵触，原因嘛，因为它们太美了，太有文化了。我这算个性吗，还是矫情？

当地接待我们的一个小伙子开车带我去派出所，路上，我见很多建筑上以及政府牌子上汉文旁边都有一行类似蒙文的字符，我问小伙子这是蒙文？他说是满文。我恍然意识到这里是满族自治县。我问小伙子你是满族吗？他说是，我说你懂满文吗？他说不懂,我说满语“你好”怎么说？小伙子笑了,说“真不知道”。

在派出所验明正身，两分钟开好证明，开车回宾馆，整个行程也就20分钟吧，小伙子说桓仁县也就这么大了。一路上，确实没见到什么高大的建筑，街上人不多，但也不显冷清，街边各种小吃摊热气腾腾，杂货摊花花绿绿，姑娘们脸色红润，男人们百无聊赖目光空洞，人民心满意足，安居乐业，这算是一副天下太平的景象了吗？

回房间继续睡觉。晚上一楼餐厅与大部队会合，20多人，三桌，开喝。此次同行的这帮作家，印象最深的当属来自长春的老于。老于写小说，尤其擅长小小说，会唱二人转，会学周总理讲话，酒桌上经常来上一段。

满族

在酒桌上，我继续追问当地朋友满族有什么特征，满汉区别何在，问来问去，皆语焉不详乏善可陈。一天后，来自邻县凤城的作家老隋（也是满族）跟我聊起这个话题，他说满族是中国汉化得最厉害的一个少数民族，当然这与它统治中国近300年有关。换句话说，在民族融合的过程中，汉族可能也是被满化得最深的，至少这几百年来如此。我追问老隋，我说满族没被汉化之前到底有什么特征呢？老隋结结巴巴地说，跟北方那些少数民族差不多吧，粗野、彪悍什么的。看老隋一副搜肠刮肚的样子，我说喝酒吧。

说到满族的特征，在桓仁的那几天，我个人似乎有点小感触，不知靠谱不靠谱，就是，无论是宾馆一楼餐厅还是街头饭馆，给我们端菜的女服务员，无论胖瘦美丑，无论姑娘大妈，眉宇间都透着点慈禧太后的风韵，或者干脆说长得都有点像慈禧。慈禧什么风韵或者说慈禧长什么样呢？我觉着慈禧就是眉宇间透着种“宁”兼“佞”的气息，有点愁肠百结那种（我若说忧国忧民肯定招人骂了），但外表又散发着某种柔媚，说好听点叫内心坚强外表柔弱，说难听点大约就是既心怀鬼胎又和颜悦色吧（怎么有点像说我自己呢）。想当年慈禧一边镇压戊戌变法捕杀戊戌六君子软禁光绪（有说法最终光绪也是被她毒杀），一边看戏听曲游园照相，狠毒起来不择手段，文艺起来百无禁忌。由此又想到乾隆，一边大兴文字狱一边六下江南四处吟诗题字……这算满族人的特征吗？自古以来这路统治者也不少见吧？以上权当一个无聊文人在酒桌上的胡思乱想兼信口雌黄吧——我既不了解慈禧更不了解桓仁的妇女们，对于在桓仁给我们上菜时那些既手脚麻利又心不在焉的所有长得像慈禧的桓仁姑娘们，套用一句老于在酒桌上的话吧："我爱你们！"

有必要插一句，根据近年在位于桓仁五女山东南坡山城下50米处瓮村遗址的考古发现，这里就是满族前身女真人在辽宁的最早落脚点。女真人的一支建州女真在600年前为逃避蒙古人的劫掠来到五女山，经过200多年的发展壮大，在努尔哈赤大胜明军的萨尔浒之战中起到了非常关键的作用。

回龙湖

次日，10月10日，下雨。上午大部队去看桓仁版画，我昨儿喝多了，跟程远请假在房间睡觉。下午，毛毛雨，我和大家一起去了"回龙湖"。在湖边下大巴的时候，杭州来的健雄瞅我一副磨磨蹭蹭不情愿的样子，向我投来探寻的目光，我说我对风景对大自然没感觉，健雄说："你就对人有感觉。"这话把我噎在那儿了，我只得说："是啊，但我对人的感觉……复杂啊！”

在船上，多数人都在甲板上，只有我和老弛几个人龟缩在船舱里，我想老弛是害怕。我伴随着嗡嗡的轮机声，闭目养神，心想能睡着最好，最终还是没睡着。然后我想我也别那么各色，于是走上甲板，并且走到空无一人的船头，四周烟雨蒙蒙，湖水是清澈的绿色，群山环绕……没办法，还是没感觉，只有麻木，我站了会，又回到了船舱。

晚上先是一楼餐厅，然后又去街头饭馆，印象中喝吐了。一般喝吐了，第二天相对不难受。

枫林谷

10 月 11 日，一早起来，随大家去枫林谷。

这一天天气晴朗，风吹过来有点冷。进了枫林谷景区大门，我和阿坚落在队伍最后，阿坚说要不咱就在这儿转转得了，一会去门口找个小饭馆坐坐。这主意正合我意，于是我们跟领队和导游打了招呼。大部队乘电瓶车向枫林谷深处驶去。

对我来说，“枫林谷”三个字只要在我脑海里闪现一下，我觉得我已经游览完了。事实也是如此，空气清爽，向山谷里望去，漫山遍野的枫树黄绿红杂色相间，基本以黄色红色为主，“像在燃烧”（肯定别人这么用过）。近处，黄色的、红色的枫叶随风飘落，有些落在潺潺的溪水里……阿坚拿着他的带拍照功能的老年手机例行公事地拍了起来，他颇有些北京朋友对自然风光迷恋有加，阿坚重视朋友于此可见一斑。我知道他对自然风光的感觉跟我差不多，只是他不说而已。

因为早上没有喝茶上厕所，我对阿坚说我先出去找个地儿等你吧，阿坚说他再转转，一会电联。

景区门口没有小饭馆，我正兀自一人在门口广场上东张西望，听见有人叫我，循声望去，但见广场边一溜卖纪念品、土特产的小摊上有人冲我招手，是老于。我走了过去。

小摊前有一溜折叠桌，上面堆满方便面、矿泉水、火腿肠之类，老于坐在一张桌前，手把一听啤酒，桌上的边边角角有他咬了一半的煎饼、花生米、辣椒酱、茶鸡蛋皮等，小摊兼卖早点零食。我要了肉夹馍、茶鸡蛋、啤酒，并让老板娘帮我沏了茶。老于似乎已经跟这溜小摊的老板娘混得厮熟，互相以哥姐相称，其实这几位下岗女工模样的大姐都比我们小，也就三四十岁。

我问老于平常在长春也这么喝吗，他说出去喝，在家不喝，因为媳妇和母亲烦他喝酒。他跟他妈住一块。我想起黑龙江作家阿成很多年前写过一篇小说，写一个警察每天下班回家前必在楼下小卖部柜台上要一瓶啤酒，站着喝完；又想起青岛居民区附近的那些啤酒屋，傍晚时分，很多下班回家的男人会钻进来空腹喝掉一扎或两扎散啤，他们孤身一人，坐在昏暗的啤酒屋小桌前，有的腿边还摊着刚买的菜，他们大多无语，面无表情，只是不紧不慢一口一口把酒喝完，感觉像在喝药，某种神药。

我想，这就算一个“好男人”的标志了吧。

没多会儿，阿坚手扶着腰一瘸一拐满脸堆笑地来了，他这几年腰腿不好，但坚决不去医院；再没多会儿，老弛歪着脖子拖着臃肿的身躯蹒跚而来（他是半道下了电瓶车凭直觉寻我和阿坚而来）。老弛腰腿倒没什么毛病，但他走起路来给人感觉经常步履维艰，随时要跌倒的样子，歪着的脖子既像七个不服八个不忿儿，又像厌世已经厌到了极点。

那天上午，在枫林谷景区门口，老于喝了五听（500mL），老弛后来居上也喝了五听，阿坚喝了三四听，我喝了三听，越喝越冷，于是又外加一个小二。蓝天上时不时有大朵的白云将太阳遮住，造成瞬时阴天，此刻必然阴风四起冷意袭来，云朵移开，阳光重新普照，奇怪的是风也骤然停息，世界明亮耀眼，暖洋洋一片。

老于喝得高兴，又买了野生榛子，还买了一斤野生猕猴桃让我带回北京给孩子。榛子和猕猴桃都很好吃。借着酒劲，老于总结道：游山不如看山，看山不如想山，想山不如没山。

中午跟大部队会合在农家乐吃饭的时候，坐我旁边的老弛忽然觉着屁股底下有点滑，起身一看，老于送我的那一袋野生猕猴桃被他坐成了果酱。

沈阳

12日，因为北京有事，我一个人先期离开，满族的祖先女真人在辽宁的落脚点五女山我自然是错过了，但这于我，显然不是什么遗憾。桓仁冰酒大王老蔡派车送我去沈阳，桓仁的冰酒据说在世界上也有一号。

车进沈阳是下午四五点钟，沈阳比北京天黑得要早，此时太阳西斜，街上的行人拖着长长的影子。街上人还是不多，即便是商业区附近。只有学校和医院门口，人和车才有点川流不息的样子。姑娘们有穿羽绒服的了，她们笑得很开心，很淳朴，没见到被全中国妻子们称为“东北狐”的风骚女子；妇女们一手拽着孩子一手拎着菜眉头紧锁地过马路；一个衣着整洁、斜背一扁平皮包的中年男人从一座类似机关的大楼里走出来，他表情平淡，似乎有那么一丝下班的轻松……他要去哪儿？不像是要赴酒局，也不像是回家前必在楼下先喝一杯的主儿，我怎么有些为他担心呢？

在台湾，男的都叫俊良，女的都叫慧敏

几年前的一个春天，去台北参加一个文学活动，待了十来天。

有天晚上，刚从上海飞来台北的朋友赵川请我去看话剧。赵川早年写小说，后来改行做话剧，他的小说曾获得台湾《联合报》大奖（就是王小波曾经得过的那个奖），并因此受邀在台北停留一年“自由写作”。在那一年中，他结识了一帮台湾文化人儿，包括台湾话剧导演王墨林，他这次就是特意来参加王墨林的话剧《长夜漫漫路迢迢》的首演。

我头天喝大了，和一个叫莫沫刚从北京过来的女记者兼作家喝了一夜。莫沫是秘鲁人，她先请我在一家秘鲁餐厅，后我请她去一家大排档，喝得兴起，她说要看海，我们便打车去最近的海边，应该是出了台北没多远一个叫淡水的码头。这之间我碰到便利店必去买啤酒（可以刷银联卡也可兑换新台币），所以这一路上我拎着一塑料袋啤酒，基本在不停地喝，莫沫喝得少。

在出租车上，莫沫问我想不想找小姐，她看过我早年的小说，大概对我写嫖妓的那些东西记忆深刻，而且她是记者，好奇心大概比一般人强吧。我说随便，她便问司机哪有红灯区，司机也是门儿清，一踩油门飞奔红灯区而去，同时把电话打给了妈咪，莫沫就拿着电话跟妈咪聊上了（她汉语没问题），说她哥哥想找小姐，问价钱等等，并扭头向我通报。我印象中是全活儿五千新台币，俩小时，我脑子里飞速换算（5000 新台币相当于 1000 元人民币）并飞速回复：你问她一小时半活儿 2500 行不行？莫沫转达并回我：她说不行，只有全活儿。我说那算了。此时司机说旁边就是了，我隔窗看了看，就是一片普通巷子，略窄，没红灯什么的，也并不昏暗，没站街的，行人也不多。我们跟司机说，直接海边吧。

记得在淡水码头深夜冷冷清清的空场上，碰到几个玩小轮自行车的男孩女孩，十四五岁的样子，有点不良少年的味道，莫沫问他们大海在哪儿，他们指引给我们看，不远处有一片体育场看台一般寂静无人的高台阶，他们说爬上去就是了。我把手中拎着的那袋啤酒敞开来让少年们挑，他们有些犹豫，只有一个类似“老大”的瘦小男孩挑了一听。我印象深的是他先拿了一听 8 度还是 12 度的所谓烈度啤酒，我告知他，他像烫了手一般放回去又挑了听度数低的。

还真看到海了。那时我肯定已经喝大，只记得我和莫沫一起趴在石头栏杆上，大概每人抽了两根烟。四周阒无一人，远方一片黑暗，看不到星星、月亮，脚下也没有海浪，耳畔听不见涛声，只有涌动的、偶尔鳞光闪烁的黑色的海。以我粗浅的地理知识，穿过前方这一大片厚重的黑暗，就是我出生、成长的那一大片土地了……我低头向深渊一般的海面看去，隐约能看见涌来涌去的海流，恍惚间我感觉脚下的台湾岛变成了一艘大船，我趴在叫淡水的船头栏杆上，身子也随着涌动的海流晃了起来……

和赵川约在“国家大剧院”C 口碰面，话剧在其中的一个实验小剧场演出。台湾的“国家大剧院”也是坐落在类似天安门广场那样的地方，区别是它几乎在广场正中心，而且不是蛋型，它和广场上国父纪念堂一类都是高大雄伟的仿古建筑，红墙红柱，汉白玉台阶，蓝色琉璃瓦屋顶。广场空阔，没什么游人，也不见警察之类的，更没碰到国军。我在这些仿古建筑里穿来穿去，头天的酒还没醒透，而且几乎一天没吃东西，走起来轻飘飘的，一度感觉是不是到了阴曹地府……还好，终于碰见行人可以打听了，并且很快听到了街舞音乐声，远远看到一座古建筑前的小广场上齐刷刷坐了一片穿蓝白色校服的少男少女，他们在安静地观看两位穿校服的少女跳街舞，两个女孩动作整齐划一如一人，随着音乐节奏或动如脱兔或静若处子，全情投入那种……

话剧改编自尤金·奥尼尔的作品，像所有这类先锋实验话剧一样，看得让人一头雾水似乎是题中应有之义，看的过程中我的酒后抑郁症差点发作，几次欲崩溃的感觉……

话剧终于结束了，在剧院门口赵川把我引见给王墨林，老王比我大一轮的样子，60 岁左右，个头中等，略显苍白浮肿。因为赵川，我们彼此早就知道，所以我们见面倒也并不陌生，他问我这两天在台北喝得怎样，我说昨儿喝大了，他说一会儿接着喝。我知道他年轻时是个愤青，听赵川的意思他如今也还愤着，只不过外表不体现罢了。我想起在北京我身边的那些依然愤怒的 50 后（现在叫“老炮儿”），感觉很像。

我随着剧组一行去消夜，十几个人哩哩拉拉先步行穿过广场，再地铁，我和赵川还有一个叫瓦旦的离开大部队落在最后单走。瓦旦是台湾原住民，属于高山族的一支，他也是剧组成员，负责剧务拍照等，他和赵川也是多年朋友。听赵川讲，瓦旦也是资深戏剧人，这些年在大陆、台湾两地跑。瓦旦身材不高，黑瘦结实，刚才在剧场里和他握手，便闻到了一丝淡淡的酒气。后来赵川私下告诉我，瓦旦也好酒，而且是白酒，而且是随时随地地喝，赵川还说这几乎是台湾原住民的一大风俗习惯，因为这么喝，瓦旦老家那村子里的男人很多四五十便挂了。

瓦旦几乎无话，但大概因为一直微醺着，感觉他情绪饱满，脖子上挂着一架很专业那种长镜头相机，在地铁里偶尔给我和赵川拍上两张。

消夜的地点叫阿侯的店。这是家小店，坐落在一条不宽不窄的小街上，紧邻阿侯的店还有两家类似的小馆，此外就看不到什么喧嚣的所在了。小店门口挂着几盏红灯笼，门是日式格子门，电动的，按一下按钮，自动开启，再关上。据说这里也是台北文化人聚会的一个小据点。

我和赵川、瓦旦最后到的，王墨林等剧组一帮已经围着两张圆桌坐好准备开吃的架势，每张圆桌上是一个煨着火的大砂锅，他们叫羊肉火锅，周边是各种凉菜还有炒菜，每人也有一小碗蘸料。

我们坐定，他们才想起忘了要酒，王墨林赶忙招呼老板上酒，老板很快拎上几瓶台湾啤酒，赵川问瓦旦要不要喝白的，瓦旦摆手笑笑，指指桌上的啤酒。印象中那天瓦旦从始至终都是这样一言不发，只有表情和手势，但似乎也并不感觉怪异，大家也都习以为常一般。

后来几天，我又见到一男一女两位原住民，做派跟瓦旦几乎一模一样，几乎不说话，只有笑容和手势，也都是举杯就喝，喝得再多还是这般不温不火，不像我这般的大陆人或从大陆过来的台湾人，几杯下肚就像变了个人，喝大了更是容易胡说八道乃至闹酒炸。我后来心里琢磨，唉，这是千百年来怎样锤炼出来的酒德啊！

那天又喝断片了。至少在吃了什么这一项上完全失忆，或者就没怎么吃？据说，衡量某人是否为酒鬼的一项重要依据，就是看他 / 她喝酒时是否吃东西，对此，我深以为然。

后来我又单独去了两次阿侯的店。台湾的饭馆每周都歇一天，阿侯的店也不例外。那天在阿侯的店断片前，我跟阿侯单聊了几句，只记得阿侯说他每天都在，休息的那天他会一个人在晚上七八点之后来店里收拾，只要见到灯亮着，进来吃喝没问题。

我住的地方离阿侯的店两站地铁（台湾叫捷运），步行也不过半小时的样子。对于疯狂迷恋遛弯的我来说，这点距离完全不能过瘾，所以每次我都是先兜一大圈差不多累了再奔阿侯的店继续走,这样,到达目的地时应该正好遛到嗨处。彼时彼刻，没有什么比找个地方坐下来喝它几杯换种方式继续嗨更合情合理的了，尤其在异乡，尤其在台北，尤其在台北的夜晚，尤其其中一个夜晚还下着蒙蒙细雨。

那两次，每次进阿侯的店之前，我都在街对面杂货店门口先喝上两瓶。阿侯的店不能抽烟，我就坐在杂货店门口的马路牙子上，边抽烟边静静地喝几口。背后看店的是一对老夫妻，记得我让老头把啤酒打开时，老头二目浑浊但目光锐利地瞥了我一眼，我没理他，拎着酒瓶在店门口点了根烟，独自喝了起来。台湾的禁烟颇见成效，各种室内均不得吸烟，包括小饭馆乃至我身后的杂货店，据说也是经过多年的反复才有此局面的。

多年来，无论是遛弯之后，还是写完东西之后，还是在写完东西兼遛弯之后，倘若去饭馆，我经常会一个人先在饭馆门口找个暗处先喝它一两瓶，这算什么呢？从精神到物质或从个人世界到群体世界的过渡？

也许是我太敏感了。有过若干次写完东西时间已经晚了，只得匆匆打车一头扎进饭馆的包间，我自感包间里热烈的气氛瞬间凝固——一帮酒酣耳热的狐朋狗友面对铁青着脸闯入的我，停了杯筷，笑容僵在面皮上……但很快，随着诸如“来晚了罚酒三杯”的吆喝，气氛又重新热烈起来……相反我只要在门外先自罚一瓶，就会免去这哪怕 0.01 秒的尴尬，彼时进入包间的我不说满脸堆笑至少也是神态安然，可以与诸位酒友的喧闹欢乐飞快对接了。

当然，倘若不是见朋友只是一个人进饭馆，情况会好得多，比如去阿侯的店。但我依然还是喜欢一个人先在街边喝点，除了习惯先空腹喝酒以及方便吸烟、肆意打量各色人等以外，在幽暗的街边，你可以长时间发呆一口不喝，也可以仰脖来它半瓶然后深吸几口烟，如此这般。若放在饭馆，搞不好会把邻桌吓到，至少让人觉得怪异。

开杂货店的老头和老太太（台湾应该叫阿伯阿婆吧）皆瘦小枯干，但似乎都精神头十足，他们对我的态度不是很友好，或许还稍有鄙夷，大概是对我如此这般喝酒的做派看不顺眼吧，又或者是认出了我的“陆客”身份而瞧不起，就像北京街边开店的看不起外地人一样？比如我喝完退瓶的时候他们会很大声地说着“好的好的”并将一两枚硬币按在柜台上，也许还多看了我一眼？台湾啤酒的退瓶费相对北京来说差不多，也就一两元新台币，人民币三四毛，不会是台湾老百姓喝啤酒没有退瓶的习惯吧？

说是杂货店，其实也算个小超市，门口柜台卖烟兼结账，墙上吊着个老旧的小彩电，我印象中电视里一直在播地方戏。其他商品列在几个货架上，油盐酱醋，牙刷牙膏，毛巾肥皂，各种方便面火腿肠，后面靠墙是大米白面五谷杂粮，跟大陆的这类小超市一模一样，一模一样的还有角落里昏暗的灯光，某些长期无人问津的商品落满灰尘……

下蒙蒙细雨那天，我先在门口马路牙子上蹲着喝了会儿，之间雨有点大，我便拎着酒瓶进了小店。先是看了几眼电视，实在是无聊，便在货架间逛了逛，逛超市也算是我多年来打发无聊时光的常用手段。超市无论大小，我都能逛得津津有味，这家超市或叫杂货店确实乏善可陈，但我还是来回逛了两三遍，似乎老头或老太太在我身后探头探脑来着，估计我又招人家烦了。而且，那天我退完瓶打算离开时，忽然发现柜台上的一个小纸盒里是一堆剥好的大蒜，我顺手抄了几颗，刚想出门，被老太太吼住（具体词语忘了），意思是：大蒜要给钱的！我明白过来，问了价钱，觉得贵了，好像一块钱新台币一头，虽说也就两毛钱人民币，但在大陆饭馆，什么时候吃蒜包括抄几瓣揣走要过钱？不过我马上反应过来老太太绝非刁难，因为那大蒜颗颗洁白饱满个头均匀，每颗都接近一个糖炒栗子那般大。

再啰嗦几句。我之所以那天在杂货店内逛来逛去，不仅因为外面下着毛毛细雨，以及电视里在放地方戏，主要是店门口能遮雨的窄窄房檐下干净卫生没地儿坐，这一点与大陆完全不可同日而语。在北京，每逢夏天，很多这类的小卖部或小超市，门口几乎就是个露天小酒吧。老板提供各种小板凳、马扎、包装纸壳、遮阳伞（也可防雨），有的干脆支起折叠小桌或用饮料箱代替酒桌，住附近的酒鬼们把这儿当成每日的消夏场所，一坐就是半宿。佐酒的除了店内的花生米及各类乱七八糟的真空包装食品，讲究些的还会在附近饭馆买来花生、毛豆和烤串，酒鬼不招蚊子，所以一般用不着蚊香，若赶上酷暑，某些小卖部还会提供电风扇……

当然，在台北，在阿侯的店对面的杂货店门口，我绝非怀念北京，可以说，如此这般在街边的坐喝，北京和台北代表了两种“意趣”——如果北京的那种也可称之为“意趣”的话：在那个酷暑兼浓重雾霾的北京，我手把一瓶口感近乎酸腐（也有哥们说是化学味，还有人说是墙皮味）的普京（普通燕京啤酒），我需快速连喝几口才能把那种不良的味道有所忽略或遮盖。我屁股下是小板凳或马扎，背后是几位赤膊的壮汉在抽烟喝酒吹牛，要命的是，他们的话题经常也是房子车子东家长西家短，难得早些年经常听到的那类打打杀杀好勇斗狠充满想象力但纯属子虚乌有的江湖传闻；也有租住在附近的打工仔，估计是快递或房屋中介一类，他们一般是哥俩一人一瓶，喝得很慢，聊天轻声细语，其一可能会泡盒方便面；驶过的车辆扬起灰尘，有穿睡衣睡裤遛狗的中年妇女走过；而在这个春天的台北的夜晚，本就干净的街道在毛毛雨的浸润下黑得发亮。空气新鲜湿润，我蹲在马路牙子上，手把一瓶口感微苦的老台啤，一口是一口。几乎没有车辆驶过，偶尔有，也似乎是静悄悄慢吞吞地从眼前滑过，车灯只温和地映着车前一小块光晕，绝无我在北京坐在街边时被各种车辆大灯照射得暴露在光天化日之下的窘迫，彼时彼刻搞得我有时甚至会升起一种因死无葬身之地而来的惶恐继而暴怒！在北京，这种情况下我一般会别过脸去，有时站起身佯装溜达，同时会不出声或小声骂骂咧咧：太操蛋了！而在台北，我安坐（或蹲）不动，或注视着车辆缓缓驶过，我甚至都疑心那开车的是否会发现街边蹲着个怪物而害羞地别过脸去。几乎也没有行人经过，只有背后不远那家在雨雾中泛着昏黄光晕隐约传出咿咿呀呀地方戏小调的杂货店……

我是不是太美化台北而贬损那生我养我的北京了呢？那就再继续一下这样的美化及贬损吧：同样在街边的坐喝，在台北是一种出离，你可以遐想乃至冥想，在北京，则是一种裹挟或干脆就是吞没（这是怎样的一种身陷其中啊），你只能胡思乱想！

再者说，作为一个酒鬼，要的不就是出离吗？出离这常态的平庸生活，不惜遭受世人的白眼和鄙弃，同时也享受着这白眼和鄙弃甚至以此为荣，这才是一个真正的酒鬼啊。知我者杂货店阿伯阿婆也！但在北京，想出离一下何其难啊，无论哪种出离！莫非这就是所谓家乡、所谓故土的“可爱”？

在台北的头三天，因为莫沫、赵川没到，我和台北当地朋友也没接上头，所以基本是我一人度过的。那几天我的日程基本上是上午写点东西，下午出去遛弯一直到晚上，参加了一两次文学讨论会。早饭不吃。午饭下楼买过一次盒饭，一次葱油饼加豆浆，一次是头天买的方便面。盒饭、葱油饼、方便面，价钱跟北京差不多，但比北京好吃，我所谓的好吃，就是口味清淡，不咸，多少能吃出点粮食、蔬菜的原汁原味。

晚饭算是重头戏，我吃过一碗臭豆腐，一碗方便面，一盒7–11的麻婆豆腐盖浇饭。我主要是喝，具体说是喝啤酒，再具体就是喝“台湾啤酒”，台湾朋友都叫它“台啤”。台啤主要分两种，精品和普通，普通的也叫“老台啤”，据朋友说酒鬼一般都喝老台啤。老台啤更苦，味更重，价钱略便宜。精品更爽更细腻些，也不贵，具体说就是价钱比普京贵一点，但酒精度比普京高，口感正，合算下来，还是比普京值多了。说起台啤，台湾朋友说本来台啤是标识，一直是蓝的，就是青天白日旗上的那种蓝，阿扁上台后为进一步提升绿营士气给改成绿的了，然后阿扁下台马英九上台又改回蓝的了，然后发现这么做不对，一是显得自己小家子气，二是也怕得罪绿营，结果改成如今的半蓝半绿。朋友说，台湾这帮人心思全花这上了。

我一个人没进过饭馆，就是在街边台阶或行人歇脚的椅子上坐喝。不是为省钱，饭馆也不贵且比北京好吃多了（大家都那么说，我也觉得），主要是街边自由、开放，可以抽烟，可以看姑娘和各种行人，而且上面说了，这多少也是我在北京养成的习惯——一个人基本不进饭馆。抛开一切不说，一个人在饭馆里独坐吃喝仨小时，还是碍眼、别扭，吃碗面就走单说。

我住的那一带是大学区，周边饭馆和各种小吃很多，尤其入夜，小吃一条街灯火通明，人流熙攘，而且都是男孩女孩。我到台北的第一天晚上，一个人在街边喝到九点十点，饿了，遂拎着手里的罐啤在小吃一条街一个卖臭豆腐的摊位上坐下来，我要了一碗臭豆腐，边吃边喝。这里的臭豆腐跟北京那种地沟油料理完全两个路子，不臭不辣，香嫩料足，有海鲜什么的，有点类似砂锅豆腐，我正在心里赞叹，卖臭豆腐的老头跟我说话了。他的话我听不懂，带比画之后，我恍然明白他是说这里不让喝酒，这搁北京，我可能就怒了，但这里是台北，而且我初来乍到，忍了忍算了。我把桌面上那听啤酒放到脚下，意思是这样行了吧？老头没再纠缠但也满腹不高兴的样子。我本来想多坐会儿，现在只好吃完起身回到街边继续喝。我确实观察了一番，整个小吃一条街，没一个喝酒的。

后来，我在台北乱逛得多了，发现台北无论是街边排档还是腌臜小馆，喝酒的极少，推杯换盏喝大酒的我几乎没见到。就在我住处附近有家日式居酒屋，叫“狗一下”，我进去扫了一眼，有喝的，但都温文尔雅，青年男女都在吃和聊，啤酒瓶在一边更像是个摆设。包括后来我请莫沫去的那家大排档，是我在出租车上让的哥专门找的一家“老百姓喝酒的地方”，那家大排档里的“老百姓”也是以吃为主，记得那天我和莫沫俩人也就喝了七八瓶，最后加酒时服务生表情已显诧异。

台北什么都好，就是街边公厕太少，这让在街边喝酒的我颇为麻烦。台北又干净，我又实在不想给大陆人再丢脸，所以刚来那几天，我好几次憋着泡尿四处找公厕，没一次找到，都是在肯德基、麦当劳以及诚品书店里解决的，还有就是地铁站。有的地铁站内的公厕是在站台上，这样还得刷卡进站。

但有一次我还是在街边解决的，就是和莫沫看海归来，回到住处附近已是旭日东升的早晨。人们还没起床，四周很安静，当时喝晕了，我以为是在北京，便在路边一棵树下撒尿。脚边的塑料袋里装着几听没喝的啤酒，撒到一半背后有人喊我，是一位拿着对讲机的保安，平常进出他都很礼貌地跟我打招呼，此刻有点急赤白脸了，我反应过来这是在台北，但因为喝大了我也没在意，撒完尿自顾自往我住的那幢房子走。我听见那保安在我身后用对讲机跟他的其他同行们交代：“有一个醉汉……”在台湾，我这样的叫醉汉。

在台北，警察真是不多见，包括交警都少。但我见过一回台北城管。

那天晚上，我一个人去西门町溜达。我对台北或说台湾最初有感觉，都是来自我年轻时罗大佑、李宗盛、苏芮的歌。那晚我参加完文学会议百无聊赖，脑海里蹦出罗大佑在《现象七十二变》还是《未来的主人翁》里唱到的西门町，于是问会议的一位志愿者姑娘西门町怎么走。

按姑娘的指示，我坐了两趟公交车，把自己扔进了西门町霓虹闪烁的夜晚。若论繁华、浮华、喧嚣，西门町的夜晚比之北上广深类似的所在，可能已经小巫见大巫了，甚至多少露着点败落，街道狭窄，一些小巷黑洞洞的。当然，比之一般台北街头，漂亮兼另类的姑娘多了起来。本来我感觉台北漂亮姑娘就多，几乎半数姑娘都漂亮，然后大概有四分之一极丑的，但无论漂亮还是极丑，台北姑娘都瘦，所以在这个以瘦为美的时代，台北没有丑丫头。

再有，就是在西门町我听到北京话了，是擦肩而过的两位大姐嘻嘻哈哈的说笑。其实她俩肯定比我年轻，只不过，在我们男人眼里，只要不再年轻（包括显得年轻）的女性，就都叫大姐，哪怕人家 30 出头。一旦显老，统统叫大妈，哪怕人家比自己还小好几岁。

我照例在便利店买了啤酒，挑了一家肯德基斜对面巷子口的马路牙子，坐下开喝，偶尔抽烟。巷子口有很多小吃摊，馄饨、水饺、铁板烧、臭豆腐一类吧。喝了一会儿，人群开始骚动，摊贩们手忙脚乱开始收拾家伙，我正纳闷，一辆刷着标记（具体什么忘了）的小卡车开了过来，车几乎就停在我的面前，下来几个穿制服的男子开始吆喝，哦，城管！我起身四望，身后竟空空如也，原本巷口的各种摊位飞速缩进了巷内，跟我在大陆所见不同的是，这些摊贩并没有作鸟兽散，而是大模大样在巷子里重打锣鼓另开张了……

城管的卡车却并不走，而是停在巷口，几个城管有点气势汹汹无处发泄的意思四处踅摸，但似乎确实无用武之地，他们只得坐回车内，聊天，偶尔张望，大约在等待那汹汹的气势自行泄掉……大概 20 分钟后，城管们恢复了平静，重拾了自尊，卡车慢慢驶远。又过了大概 20 分钟，巷子内的摊位慢慢又移了出来，没一会，巷子口的半条街上各种小吃摊又是热气腾腾了。

在台北的某次文学活动上，听一个台北诗人讲（不知是不是吹牛，因为在座的有来自两岸三地以及海外几十位中外文化人儿），据说，台湾是整个亚洲出版最自由的地区。我宁愿信其真，这至少说明，我们中华民族不是一根筋的民族。

台湾的书店都是民营，诚品书店是其中最大的一家。据说在台北，诚品就有几十家，有点类似我们的新华书店了。不同的是，新华书店越来越萧条，而诚品，不能说越来越红火，至少还没现败象吧。我只去过我住处附近的那一家诚品，它位于台湾大学旁边，店内不能说人头攒动但确实比我在北京书店里见到的人多，尤其以畅销书为主的一层，人来人往，收银台永远在排队。听一位这次从北京来也开书店的“业内”朋友小李讲，诚品在台湾越来越有垄断的趋势，以至它可以自行压低折扣销售，搞得其他书店有苦难言，不得已还成立了一个类似“台湾独立书店联盟”的玩意儿，专门对抗诚品的垄断。看来，自由必定有自由的限度，自由也一定会有自由的玩法。

也许是因为我住的那一带是大学区，不能说书店林立，但大大小小的书店十几家总是有的。也是听小李说，台湾网购不发达，而且，台湾网上书店的折扣只比实体书店高而不会低，所以台湾书店业没有受到来自网络的冲击。至于台湾人是不是更爱读书，我没看到过这方面的统计，但以我坐地铁所见，基本上跟北京差不多，大部分人埋头于手机，读书看报的绝对少见。

在此我想多说一句，在这个网络化时代，是否没必要老拿读书来说事儿了？我的意思是，一个人或一个地区一个国家的人是否爱读书，不应该再是衡量其文化水平或文明程度高低的标志了。是高尔基还是谁在一百多年前说过“书籍是人类进步的阶梯”，到今天，这个“阶梯”正在被废掉，没了它，我们人类莫非就掉下来了不成?

所有明眼人（尤其读书人），只要不那么自恋，都应该看到：一个新阶梯正在建立，一种新的文明（姑且叫网络文明）正在崛起，一个真正的读书人或叫知识分子，不应该看到大众不读书而唉声叹气甚至气急败坏，继而千方百计鼓动人们回到书本。当此文明更替之际，一个读书人该干的，我以为，就是抓紧时间尽各人所能，打点梳理旧文明，让其成为新文明崛起的丰厚宝藏和坚实基础。毕竟，那新阶梯并非凭空而至，它就是从以文字书籍为代表的旧文明中生长出来的啊。

至于我们的孩子、后代如何看待我们的工作，那是人家的事，只要他们在新的文明里健康成长，我们以及我们津津乐道的“文明”被扫进了历史的垃圾堆，又有何妨？想想我们以及我们的先人，是如何对待所谓的原始人的吧，几千年甚或更久以来，我们自称文明，却干下了“野蛮人”想都想象不出来的恶劣勾当。如果有一天我们的后代堕落乃至毁灭（像某些读书人或愚蠢或心怀叵测的那类预言），他们不是因为与我们断绝了“文明”继承，而是因为我们把一切都糟蹋光了让我们的后代难以为继！

抱歉，说得有些激愤了。

还有一个说法，据说在欧洲读书的现象很普遍，无论在地铁上还是公园长椅上还是咖啡馆里，经常会看到手不释卷的男女老少各色人等，说这话的朋友往往透露出某种钦慕及自我鄙夷：还是人家文明啊！我不知今天的欧洲是否如此，即便如此，在我看来，正相反，欧洲正好代表了那个颓败的老去的文明，加之他们有钱，还有些许自娱自乐自我欣赏的空间和时间，其实就快玩儿完啦，还有什么交响乐歌剧芭蕾舞，仗着有钱，生挺了多少年了，我们可千万别再被人家迷惑了。我们花了一百多年好不容易挣脱了自缚手脚的旧文明，现在他们衰落了，现在，该看我们的了。

在台北，我对逛书店兴趣一般，对于言论自由以及所谓的文明更替，我虽有些感触，但其实也并不上心。

我随便进过几家书店，跟北京比没什么特别的地方，人都不多，大概因为干净犹显冷冷清清，书的种类也没什么新鲜的，唯一特别点的大概是关于算命的书（台湾叫“命理”）。他们大言不惭地列着几个专柜，都说台湾保护传统文化比我们好，我看也就剩这点玩意儿了。再有就是在进门显眼的位置，热卖图书台上，也有大陆新出的书，我见到的有柴静的，有余秀华的，等等。

还有就是台北的二手书店似乎更多些，我逛过几家，店面都不大，也很不起眼，里面几乎没人。只有一家一进门便听到二楼人声嘈杂，纳闷这家为什么如此有人气，便沿着狭窄陡峭的木楼梯拾级而上，但见两个小伙子在散落一地的图书间忙活，角落里几个中年男人坐在打好包的图书上谈笑风生，原来在打包撤店——日子不过了！祝他们好运吧。

我住处附近的那家诚品，左边麦当劳右边服装店，其规模及内部装饰感觉跟三联书店差不多，人较多，有点川流不息的样子。现在想，大概台北的人们还是以买书为主，进书店闲逛或只读不买的还不是主流。

在书店进门不远比较显眼的位置，有一个台子专卖新出版的世界文学名著，在卡夫卡、加缪、海明威等大师之间，我一眼便看到了“太宰治”三个字。这位日本无赖派作家，可说是我的最爱，书的名字叫《离人》，是我听都没听说过的一部太宰治作品，封面是一张处理成灰色的作者半身黑白照片，照片上的太宰治穿和服，低眉顺目，像是刚刚长叹了一口气的样子。我翻开《离人》（台湾出的书好像大多都没有塑封），书的副标题是“太宰治人生絮语”，基本都是当年太宰治为报刊写的杂文及随笔合集，译者在序言里也自称是太宰治迷。

转到地下一层，这里是文史哲专区，感觉顿时清净了下来，只有零零散散的顾客或在书架间逡巡或坐在地板上静静阅读，有淡淡的背景音乐。我很轻易就找到了日本文学部分，因为其规模之大（大概有三四个书架，与欧美文学相当），超乎我的预期，我想这肯定与台湾历史有关。更超乎我预期或让我大喜过望的，是我看到了太多太宰治的作品，至少有十多部都是我闻所未闻的。刚才拐到地下一层见到一位穿露背装的瘦削女郎，从她的侧背身我感觉肯定是个美女，本想如何“漫不经心”转到她的正脸看个究竟，但有这么多太宰治，就不费那个劲了，也让我对感觉越来越好的诚品留下点念想吧。

一度，我也曾反省，我从小被所谓的革命理想主义蒙了一道，没蒙过去，长大了，又被太宰治这路颓废主义蒙了一道——我心目中的颓废主义，基本就是太宰治这样：反抗，不合作，戳穿一切虚伪，以赤子之心面对世界，不惜在酒色中自毁。我觉得，我确实是按照这些去做的，问题是，酒色，这些在太宰治等颓废主义大师手里用来暂时麻醉疗伤的利器，在我这儿现在几乎变成了唯一。

那天，我买了两本太宰治作品，一本《离人》，一本《津轻》，津轻是太宰治的老家。

出了诚品，夜色下的台北飘起了毛毛细雨，走在像雾像雨又像风的街头，抬头能看得到远方夜空下台北 101 大厦的银色灯光在烟雨朦胧中孤零零闪烁，身边大街上，机车（摩托车）汹涌澎湃……听台湾朋友讲，机车是台湾市民的主要交通工具，本来政府也想控制乃至减少机车数量，但老百姓不买账，谁让你经济不景气买不起轿车呢。不过，台北的机车很讲规矩，在宽阔的十字路口，但见一大片黑压压的摩托车轰隆隆而至（像一大群马蜂），到红灯前集体定格，蓄势待发，绿灯一亮，又嗡的一声绝尘而去。

那次在台湾，除了台北，我只去了次台南，其实就是台南下面的一个小镇，叫学甲镇。熟悉我的人都知道，多年来，我去外地，就是换个地儿待着，很少“游”，我对自然风光以及人文景观都没什么感觉。据说鲁迅也这样。

之所以去台南，是因为我在北京认识的一位叫“飞将军”的朋友是台南人，学甲镇是他的老家。对我来说，来次台湾不容易，就在台北猫着好像多少有点不值，那么，去台南看一眼吧，没有比去看望朋友更充足的理由了。

飞将军是外号，曾经是台湾空军战斗机王牌飞行员，我跟他不算很熟，就是在北京喝过两三回酒，所以他的英雄事迹我也来不及了解。再说，我兴趣也不大，估计也就是我们小学课本里形容解放军飞行员的那些吧。

去学甲的那天，台北一直断断续续在下雨。飞将军告诉我坐动车到嘉义，他开车来接。学甲镇位于台南县西北，紧邻嘉义县。

从台北到嘉义的动车大概一个半小时，车上悄无声息，乘客们在看书或看手机（看手机的多），也有闭眼睡觉的，但绝无鼾声。途中我上厕所，经过车厢过道时，心想是不是得蹑手蹑脚呢？这就是所谓的文明吧，我想日本的火车乃至地铁上大概也是这样。我多少有一点点怀念大陆高铁上的那般喧闹，当然，若非让我选，我还是选台湾或日本的吧，至少有利于休息。

在出站口大厅，跟飞将军会合，他拍拍我说，走。飞将军身材不高（似乎战斗机飞行员不能有高个），但匀称结实，我总觉得他长得像谁，现在想起来了，像琼瑶电影里的男主角秦汉，对，就是秦汉，但是，两鬓已有白发的飞将军一脸沧桑，半点奶油也没有。插一句，港台中年男（尤其那帮演艺明星和知识分子）经常两鬓斑白或黑白相杂或满头白发，但给人的感觉不是衰老和不堪，反而显得精力充沛意气风发，我非常怀疑那是他们经常喝汤什么的营养太好了才催生的白发，而确实与衰老无关。但飞将军不同，他没有丝毫张扬，而是相当的沉稳低调。在北京我就发现了，飞将军话不多。

出了站，是高远的阴天，我说台北这几天一直下雨，飞将军说这是台湾一景，北回归线穿过嘉义，雨水总是到北回归线就驻足不前了，有时台北大雨，往南一过嘉义，却是晴天。

在停车场，钻进飞将军那辆快散架的车（其实没那么破，是我此刻的回忆总不由自主把飞将军往嬉皮范儿那靠），他说先带我去海边转转。

在去海边的车上，飞将军跟我聊起他当年的很多战友退役后被大陆民航以不菲的身价挖走，当然大陆民航是赚的，因为培养一个民航客机驾驶员投资巨大，关键是耗时。大陆民航近年飞速发展，民航飞行员缺口成为迫在眉睫的问题。飞将军说不止一家大陆民航公司跟他接洽过，他都没接茬，他说在这里安安静静生活挺好，我感觉那语调里多多少少透着一丝曾经沧海难为水的架势。我听朋友说过，飞将军本来可以转地勤的，因为待遇问题，他一怒之下解甲归田。我想，任何行当的翘楚让他们降下身段来都不容易吧，比如金牌大厨在家从不做饭。又一想，从民航乘客角度来说，乘坐战斗机飞行员开的客机，是不是有点悬呢？他们不会在万米高空跟其他飞机斗气吧？或者技痒难耐玩个什么花活儿也受不了啊。

路上基本没什么车，四外也一直很空旷，我想去海边就是这个样子吧。终于看到有稀稀拉拉的店铺了，飞将军说这是一个港口，叫布袋港，百十年前这里很繁华，是台湾与大陆货物贸易的主要港口，有“小上海”之称，后来渐渐衰落了，现在基本就是个小渔港。

在港口小镇街边的一家小店（就是个棚子，一位阿婆在里面忙活着），飞将军停车买了两份天妇罗，这是日本叫法，我不知闽南话或客家话怎么说，大陆对这一类用面糊裹着各种食材在油锅里翻滚几下的小吃似乎也没个统一称谓。

在海边，我们下车，一边吃着天妇罗一边溜达。确实好吃，里面有虾什么的。我走到堤坝上的水泥护栏前，望了眼铅灰色的大海对面，再探身往下看，是被海水浸润得发黑的各种奇形怪状的水泥预件。

再上车，开了没多远，我们停在一座大庙前的空场上，四周没人，庙里也不见动静。飞将军说台湾现在没别的了，就是庙多，尤其台南，这座很有名（他说了个名字我忘了）。我立在广场上看去，庙确实很大，光看山门，感觉背后至少是一个足球场的面积，但见庙前各种旌旗招展，雕梁画栋，钩心斗角，飞檐走壁，张牙舞爪（得罪得罪），总之花花绿绿很壮观。但此刻在这高远的阴天下，除了我和飞将军，四外阒无人迹，一种怪异感袭来，我想精神脆弱的人在这儿立久了保不齐会崩溃。

傍晚，我们终于回到了学甲镇。我问飞将军为什么叫学甲。飞将军说，就是个地名，没什么说头。以我刨根问底的习惯，我刚查了下，学甲即平埔族西拉雅族番社（有一说即史椰甲社）之译音地名。平埔族，是“台湾原住民”的族群（统称高山族）之一。

飞将军的家在一条普普通通的巷子里，上下二层，不大，有个小院，屋里稍显凌乱，但很舒服，有些阴暗，绝无任何奢华的装修或装饰。他说目前就他自己住，父母在养老院，每月四万新台币，他基本每天都去看。他说现在每天就是看看书，喝喝茶，喝点酒。我大概扫了眼飞将军书架上的书，好像武侠居多。在北京，我知道飞将军酒量相当可以，我想在我之上。我大概问了，他老婆孩子都不在此地，孩子大了，老婆什么情况我忘了，总之不离奇。

小坐片刻，飞将军带我去他一个小兄弟开的修车铺里喝茶，我记得飞将军介绍我时说，跟贾伯斯一样，他也姓贾。贾伯斯，即乔布斯。没一会，周围店铺的几位兄弟也坐了过来，看来都是跟飞将军终日厮混的哥们儿。坐在他们中间的飞将军依旧沉稳低调，话不多，但还是有老大的感觉，他的半句话或一个眼神一点表情，其中一位兄弟就领会了意思起身回家拿什么东西去了。这一切，让我感觉温暖。

晚饭在一家露天海鲜排档，我想这里是个饭馆就躲不开海鲜吧。排档倒是灯火通明，但只坐满了一半的桌子。飞将军说，以前可不是这样，台湾经济太不景气啦。

飞将军和他那帮兄弟主喝金门高粱，其中两位特意从家里拿来10年、20年的金门高粱，其中那瓶20年的只有小半瓶了，大概因为很珍贵，之前舍不得一次全造了。他们给我倒酒说今天喝完！我尝了一个杯子底，然后主喝啤酒了，我跟他们解释半天我平常主喝啤酒，白酒尝不出好坏，也确实如此。推杯换盏间，这帮兄弟对于我的大陆身份，好奇心还是有点盎然，我想，这大概是因为“陆客”很少来学甲的原因吧。

酒桌上，以及刚才喝茶时，大家都管飞将军叫俊良，这个我知道，只不过在北京大家都叫他飞将军我也跟着叫顺了。此刻忽然有一个小感受就是，在台湾，男的都叫俊良，女的都叫慧敏。

前两天在台北阿侯的店，阿侯煨了一个鸡肉煲，我俩喝到九十点钟，风尘仆仆进来两个女孩，是阿侯的朋友，报社记者，遂坐下来一起喝，其一叫慧敏，另一位我忘了，她们说刚下班，我想台湾的报业看来还挺景气。俩女孩都是那种娟秀型的，阿侯知根知底一般又开了一瓶威士忌，慧敏和另外那女孩像端白酒那样双手捧着威士忌酒杯不断向我敬酒，直视着你的目光友好明亮。她俩都挺能喝。我们聊起了两岸的政治，她们都很年轻，但政治观点却相当成熟，总之没像我那般谩骂起来。自始至终，她们话不多，但越喝越高兴是显而易见的，就是毫无拘束感。那天我又轻微断片了……

在学甲大排档，我应该是严重断片了，第二天酒后飞将军说我们又飞车去台南市区耍了一圈，我毫无印象。

说点大的，在台湾的半个月，一直有种说不出的感受，现在我勉强说之，就是，仿佛总有一种悲伤的底蕴在心里。

是我太多愁善感吗？

乌贼之旅

我买好了去河北兴隆的火车票，把车次、车厢告知了阿坚、张弛、佟奇、孙民、高星，我们约好火车上见。

去兴隆是我的主意，起因是几个月前在网上结识了一个叫小翟的兴隆女孩，她写了一部叫《乌贼》的长篇小说。这是她的第一部作品，内容大胆、直接，非常棒。小翟几次邀请我叫上朋友去兴隆玩，于是便有了这次“乌贼之旅”。

行前，小翟在微信上问我到底去几个人，我说也许五六个，也许三四个，也许就我一人。通常我牵头的出行都是这样，我自认我的组织能力很差，我也怕勉强朋友，可能更本质的是，我喜欢不确定。

我似乎更喜欢一个人出行，但我也不拒绝朋友。一人在外，更有新鲜感，更刺激，也就是更具备不确定性，弊端是风险更大些，我想起多年前我一个人在河南小县城街头抽奖被骗……但又一想，还是多年前，还是在河南，我们一帮人差点被一帮农民打死。还有一次在福建，跟一哥们差点被仙人跳。又想起一次在广东，同行的一哥们儿不知怎么招惹了当地烂仔，我被一拳闷晕，导致上下颚错位，喝了半个月的稀粥……怎么经验恰恰证明一帮人出门更不安全呢？

我不知道，也许一个人出行反而更小心也就会更少地招惹是非吧？或者，以往的这些惨痛教训，与是否孤身一人无关，而是你以及你的朋友们都太不安分了。

我一直在用“出行”，而不是“旅行”，更不是“旅游”，这并非简单的矫情，而是多年来我以及我身边的这帮朋友，每次离开北京去外地，在我看来无非是换个地儿喝大酒，什么名胜古迹风土人情文化掌故，充其量也就是酒桌上的三两句谈资以及次日醒酒的模糊背景而已。你可以说酒鬼们品位不高癖好乏味，但另一方面，这个世界也确实是越来越不新鲜了……

在去兴隆的火车上，我只见到阿坚、孙民，张弛有事不来了，佟奇和他老婆开车来，高星说他也许明天赶到。

在兴隆的第一天，在这个河北山区县城，小翟请我们吃了顿重庆鸡公煲，喝了无数燕京或者青岛。小翟在兴隆生活多年，但关于兴隆她一问三不知，其实确切地说，关于兴隆，我们好像问都没问，坐下便开喝，喝到半夜断片，回房间后我又清醒，泡了盒宾馆里收费的方便面嘬掉，睡去。

第二天上午，阿坚像在北京每次酒局必早退一样，赶长途大巴回北京了，理由是，晚上有人请客。佟奇平日里很少喝大酒，昨夜的大酒让他上吐下泻，便也和老婆开车先撤了。也像在北京的每次酒局一样，阿坚、佟奇前脚走，高星带着老刘就到了，同来的还有张弛，不爽约是张弛的一贯作风。

这一天，兴隆天气晴朗，空气清新，大家漫步县城街头，小翟像突然想起来一般说，兴隆的特色就是一年到头几乎没有雾霾……大家频频点头，并且自觉或不自觉地深吸了几口这个山区小县城的干净空气。写到这儿，感觉问题是不是有点严重啊，难道雾霾是常态而干净的空气反而是特色了？但当时，在兴隆的我们都觉得小翟说得对。

晚饭的大酒我都忘了是在什么饭馆了，因为是个包间，跟北京跟全中国所有包间一样的那种包间，唯一值得一说的是，点菜时我问服务员有乌贼吗，服务员还挺机灵，说就是墨斗鱼吧？我问小翟，是墨斗鱼吗？小翟说她也不懂，在座的都说，差不多就行啦。后来得知，乌贼和墨鱼或墨斗鱼都是一回事。于是在兴隆，因为《乌贼》，我们还真吃到了乌贼，也算是为“乌贼之旅”画上了一个完满的句号。对，我们出门在外就是这样容易满足，不像在北京大家动不动牢骚满腹怨声载道，在外地，我们轻易就会知足，不仅知足，我们还动不动感恩、宽容、谦卑、悔过……好像在外地喝大酒的同时，也被狂灌了各类心灵鸡汤，不仅大醉，还真能把自己喝高了。

对我而言，出行（或叫旅行吧）与日常在家，也就这点区别了，所以，朋友之于我，平时什么样，出门在外也是什么样。

我更喜欢独处，但我也不拒绝扎堆，无论是否在路上，当然，如果非让我挑，我还是选择独处，我还是选择一个人出行……人生如逆旅，每个人都是孤零零的过客，但这个世界太热闹了，各种牵绊让大家无法脱身……我们一个人自己跟自己待着的时候实在是太少了。

再见，兴隆

如果我没记错的话，在我国，县城是最低一级的城市，再往下的人口聚集地——镇，就属于农村啦，再往下，如果还有“人口聚集地”的话，那应该是村口了。

在兴隆，总有一种“天高皇帝远”的感觉，虽然按道理兴隆因为海拔高（平均海拔 1000 米，典型的山城），天应该更低才对,而且离“皇帝”一点也不远,它与北京就隔着一座山——雾灵山。

我第一次知道兴隆就是大一那年（1985 年）和几个文学伙伴去雾灵山，细节基本都忘了，只记得我们爬到山顶后当地老乡告诉我们山那边属于河北兴隆，盛产山楂；再有就是下山时有一段我们走错了路，年轻人轻易不走回头路，我们将错就错在没有路的深山老林里手脚并用连滚带爬了好一阵子。想起来了，那应该是深秋，及膝深的经年落叶被我们翻卷起来，有好闻的潮湿腐烂气息。

这两年再去兴隆，完全是因为认识了兴隆县的写作者小翟，小翟热情好客，每到夏天，必邀请我们去兴隆避暑。以我这么多年对中国县城的印象，不说恶匪横行人心险恶兼脏乱差的话，也是乏善可陈，尤其是中国北方的县城，尤其是华北平原一带。但这几年情况似乎略有改观，一是某些重污染行业据说被转到东南亚去了，二是人口流失严重，恶人能人都跑光了。所以这两年去华北一带的县城，只有凋敝之感，倒也带来某种轻松。

兴隆与我先前对中国华北县城的印象略有不同，它“有善可陈”，这完全仰仗于它得天独厚的地理环境——山城，它带来了两大优势，夏季凉爽和一年四季的空气清新。据小翟说，兴隆人从来就不知道“霾”是个什么东西，在河北，这简直就是“善莫大焉”了。

至于避暑，对北京人来说，兴隆可比北戴河强多了。北京人夏天说去北戴河“避暑”，我觉得完全是个误会。我曾在夏天的北戴河生活过，游人如织不说，温度比北京低不了多少，关键是，北戴河潮湿。酷暑时节的北戴河，有时夜里坐在海边也还是有闷的感觉，潮湿还带来蜘蛛网的疯狂滋生，有时走在绿化得很好的街上，不经意间会被不知从何而来的蛛网糊住，显然你干扰了蜘蛛们的辛勤劳作，甚或破坏了人家的创作，该着报应。还有就是北戴河也有霾，比北京好点，但感觉同样甚至更为恶劣——北京嘛，破罐子破摔随它去了，但在北戴河，当所谓的碧海蓝天被雾霾笼罩，特容易产生“还他妈让不让人活了”的暴躁心态。

兴隆隶属于承德地区，承德从清代开始就是皇家的避暑胜地，有著名的避暑山庄。据小翟说，其实夏天的兴隆比承德凉快多了，因为海拔更高，而且，承德跟北戴河一样，太有名了，每逢夏日，游人乌泱乌泱的。

去年夏天，北京连续酷暑，我这么不怕热的人夜里都用上电扇（我的卧室没安空调因为不需要），而且连续雾霾，我又有长时间遛弯的习惯。记得有一天傍晚，我不信邪，从西便门遛到地安门，也就五六公里，感觉头晕眼花走不动了，我怀疑中暑了，赶快买了听啤酒饮下去才算好点，然后坐公交回家，平时我可以再走回去。

正好小翟又约，于是和阿坚、张弛、阿炳、荣岩、大熊、高星、周军等一行奔了兴隆。

我们去兴隆其实是真正的乏善可陈，就三个字：喝大酒。何止兴隆啊，我们去哪儿都是这三个字。

从北京到兴隆要坐两个小时长途车，也叫城际大巴，望京发车，刷北京公交卡 14 元即可。我们到达兴隆下车后，顿感爽快多了，温度比北京至少低了五六度，夕阳清清楚楚地挂在天边，这些天北京的太阳就是一个光晕。

小翟说这几天可把兴隆人热坏了。

兴隆这名字据说来自“兴隆山”，也就是现在兴隆人所说的北山。走在县城的街上，随时一抬头，北山历历在目，原本北山叫孤山或孤山子，据说是宰相刘罗锅将其命名为“兴龙山”的，因为这里从清初被辟为清朝陵寝的“后龙风水”禁区。民国初年开禁，来这里伐木采药的商人云集，买卖人为了图吉利，将“兴龙山”改称“兴隆山”。

在今天的兴隆，一点也感受不到兴隆。兴隆的能人坏人据说都跑北京去了，我们来时坐的城际大巴，大概就是为他们开通的。小翟说不少兴隆人在北京打工，周末回来。

但走在兴隆的街上，却也不觉得凋敝，感觉兴隆人活得有滋有味的，这也符合社会调查关于幸福指数的统计，大城市最低，三四线城市最高，简单说就是没那么多竞争没什么压力吧，留在兴隆的，都是知足常乐的好人明白人，我这么想。

而且兴隆人自由，这从街头的各种山寨招牌上可见一斑，麦乐基汉堡，红灯区海鲜，永存超市，如来豆花……诸如此类。

也许是小翟饭馆挑的好，在兴隆，吃的还行，主要就是不咸，这在河北挺难得的。我的经验，在南方，随便进个饭馆做的菜就好吃，在北方，尤其河北、河南，几乎正相反，这还是基于我这种对吃如此不敏感的人而言。

关键是，兴隆竟然有青岛鲜啤！据我所知，整个北京，青岛鲜啤馆就两家，这是我在石景山那家鲜啤馆里喝酒时老板亲口告诉我的。在兴隆的两天，我们去那家鲜啤馆喝过两回，啤酒馆不大，每次都人满为患，可说是名副其实的生意兴隆了，老板、服务员乐不可支地忙活着，啤酒馆门口还可以随便摆桌，可见连兴隆城管也都是好人明白人。在那家啤酒馆，我们还品尝了“兴隆名菜”——炝炒方便面，里面有葱花、鸡蛋、黑木耳，还挺好吃。

还去过一家日料，这儿不仅不兴隆，完全是冷冷清清，但感觉日料还算正宗，关键是有麒麟和朝日啤酒。有意思的是，那天这家日料馆里，除了我们，还有唯一的一桌是几个浑身是土的民工，感觉是刚在哪儿装修完了下班，他们每人点了一大碗拉面，没喝酒，但也吃得热火朝天。搁北京，民工去吃日料？哪儿短路了吧。

这次去，阿坚给小翟带了几本他写的书，其中之一他带重了，于是送给了旅店服务员。走的那天，我的充电器落房间了，于是折回头去拿，前台服务员除了充电器把阿坚那本书也递给了我，说这个也是你们的吧？我说不是送你们的吗？服务员是个估计不到二十岁的丫头，她慌乱地摆着手说“不用不用”。后来我对阿坚说，这都什么年头了，还送书？

最新消息，今年，兴隆就通高铁了，到北京只需要二十分钟，山寨兴隆即将消失了，兴隆真的要兴隆了。挺好。

看不见风景的房间

我坐在景县金旺大酒店 317 房间的窗前。这窗子占据了临街那面墙的上半部分，几乎全部封死，只在最左侧有一扇可以开启到 1/3 的小窗。我像坐在橱窗内。

从三层的橱窗看不到下面的街，但能听到下面店铺传来的欢快歌曲（类似广场舞金曲大全），还有隔一会儿就会从电喇叭里传来一个中年妇女带点山东口音的促销吆喝声。几乎听不到街上的人声以及车流声。以我这两天的经验，金旺大酒店一带街道宽敞但人车稀少，这就使得歌曲声和吆喝声显得有些寂寥，但很执着，甚至我听到了不绝于耳的回声，这就是所谓念念不忘必有回响？

在我的窗外，可以看到刚长出嫩绿树叶的杨树树冠，此外还有一根水泥电线杆的顶部近在眼前，几根黑色的电线软沓沓地缠绕在发黄的螺旋形绝缘磁棒上，我百度了一下这家伙，学名叫绝缘碍子，简称绝缘子。绝缘子锈迹斑斑（或尿迹斑斑），让人疑心电线漏电被烧焦过。

这上面的天空中，有轻微的飘絮。这是初夏时节。午后时分，占据了这窗子 4/5 的巨大天空是蒙蒙的淡蓝色，阳光稀薄。看不到白云，更无飞鸟。

还有什么比这样一幅画面更让人绝望空虚的吗？尤其是连续数天大酒之后。

鲁迅三过香港

鲁迅一生，曾三过香港，都发生在90年前的1927年。

1926年到1927年，对鲁迅来说是辗转迁徙的两年。1926年8月鲁迅离开北京赴厦门大学任教，1927年1月从厦门转赴广州中山大学，1927年9月辞去中山大学教职告别广州到达上海，并定居上海一直到1936年去世。

1927年的中国，也是动荡的一年，对中国共产党来说，是血雨腥风的一年。这一年，蒋介石正式实施"清党反共"，第一次国共合作宣告失败，国民党开始一党专政，实行法西斯主义，大批共产党人、国民党左派和进步人士被逮捕、屠杀，鲁迅曾写道"我是在二七年被血吓得目瞪口呆，离开广东的"；另一方面在新闻管制上越来越严酷，力图"从根源上限制罪恶的共产主义思想"。到1930年9月，一部综合性的《新闻法》颁布了，它是一个包括 44 项条款的既细密又含混的文件，政府对条款几乎有无限的解释权，诸如：禁止攻击国民党和它的主义，凡是损害国家利益、危害公共和平及秩序或是破坏良好道德的言论需严加禁止，等等。

鲁迅一过香港，是 1927 年 1 月 16 日从厦门乘船，17 日夜泊维多利亚港，18 日晨离港赴广州。这一次，鲁迅没有下船上岸，只坐在船舱里喝茶看报。因为没遇见什么事，鲁迅只是在日记里一笔带过没再多提。遥想那一夜的鲁迅，大概会因为马上要见到许广平而激动不已吧，他们已经四个多月没见了，我想即便是 90 年前，对于热恋中的人来说，那滋味也是可想而知的。那一年，鲁迅 46 岁，许广平 29 岁。本来这二位说好两年不见的，鲁迅先前的说法是分头挣两年钱再说（顾颉刚归纳鲁迅就三个主义：架子、金钱、党派），结果看来，二人都低估了这场感情的来势凶猛。

鲁迅在厦门、许广平在广州的四个月里，两人公布的来往信件就多达 84 封，鲁迅每天都去厦大旁边的邮政所看有没有广州来信，鲁迅说“我们的通信没有情啊爱啊”，这个不足为奇，但鲁迅的示爱方式也足够特别。有次和同事郊游，在一片乱坟岗子里鲁迅挑了座许姓人的墓，还把墓碑上的“许”字涂成深色，他坐在坟上倚着墓碑照了张相给许广平寄了去，说自己“像皇帝一样”，真够不信邪的吧？

鲁迅二过香港，是在他刚到广州一个多月后的 2 月 18 日。

应香港基督教青年会的邀请，鲁迅在许广平等人的陪同下，乘港穗轮早晨离开广州，午后抵港，晚上及次日下午先后做了题为《无声的中国》《老调子已经唱完》的演讲，因为鲁迅跌伤的脚还未全好，不能四处乱逛，演说一完，20日便匆匆离开返回广州。鲁迅这次的脚伤，是因为不久前的2月4日，他与许广平和一从厦门追随他到广州来的学生廖立峨同游越秀山，鲁迅一高兴，从半高处跳下，结果，脚崴了。

鲁迅在香港的这两次演讲，主题就一个：中国传统文化害死人，中国倘还想有救，必须彻底抛弃所谓“国粹”，青年们要“用活着的白话，将自己的思想、感情直白地说出来……将中国变成一个有声的中国……必须有了真的声音，才能和世界的人同在世界上生活”。这本是鲁迅一贯的态度和立场，但在当时的香港，这样的言论又是有的放矢的。

1927年的香港，省港大罢工失败，革命陷入低潮，彼时的港督是在印度出生的英国人金文泰爵士，此人精通粤语、官话，对中国传统文化推崇备至，当年泰戈尔访问香港曾夸他是平生所见“最有修养的西方人”。确实，在历任港督里，金文泰被公认对香港文化教育建设贡献卓越，在他的任内，设立了香港首家官立中文学校（现在的金文泰中学）并支持香港大学增设中文系，颇多前清的遗老遗少被他重用。他的一系列作为，受到当年鲁迅等倡导新文化运动人士的抨击，鲁迅对于“香江之于国粹，则确是正在大振兴而特振兴”早有耳闻，所以他的演讲里有大段针对性的论述，比如“中国的文化，都是侍奉主子的文化，是用很多的人的痛苦换来的。无论中国人，外国人，凡是称赞中国文化的，都只是以主子自居的一部分”。

鲁迅对这次香港之行，于7月11日写了《略谈香港》一文作了追述。文中鲁迅把香港这块殖民地称之为“畏途”，主要记述了他在香港的演讲如何受到阻挠，演讲稿迟迟不能发表，终于发表又被删改得面目全非；还有就是鲁迅在港期间多次受到同胞提醒要他注意人身安全，告诉他香港不是个说理的地方，走在街上经常会遇到搜身，尤其搜到书籍，麻烦就大了。“因为一不小心，会被指为‘危险文件’的。这‘危险’的界说，我不知其详。总之一有嫌疑，便麻烦了。人先关起来，书去译成英文，译好之后，这才审判。”

鲁迅三过香港，是辞去中山大学教职去上海定居，于9月27日下午偕许广平乘太古公司“山东”轮离开广州，午夜抵港，28日泊香港，29日下午离港，经汕头，于10月3日到达上海。这次，鲁迅遇着事了，害得他连写了好几篇文章大发牢骚。当然，按照梁实秋的思路，鲁迅是那种就喜欢“遇着事”的人，生怕天下太平。

29日午后，鲁迅随身携带的16箱书籍、衣物、食品被“查关”，因为鲁迅生得太瘦，被怀疑是“鸦片贩子”，两位手持铁签的“英属中国同胞”，在一位“吃得实在很肥胖”的西洋人的指使下，这场“查关”几乎演变成一场劫难。

当天夜里，鲁迅即在船上写下了《再谈香港》。“他一动手，我立刻觉得香港和广州的查关的不同。我出广州，也曾受过检查。但那边的检查员，脸上是有血色的，也懂得我的话。每一包纸或一部书，抽出来看后，便放在原地方，所以毫不凌乱。的确是检查。而在这‘英人的乐园’的香港可大两样了。检查员的脸是青色的，也似乎不懂我的话。他只将箱子的内容倒出，翻搅一通，倘是一个纸包，便将包纸撕破……”

最终，鲁迅贿赂了10元钱，终于“天下太平”。“我坐在烟尘陡乱，乱七八糟的小房里，悟出我的两位同胞……之外，是还有一位高鼻子，白皮肤的主人翁的……今年到广州……有人在日报上警告我，叫我的胡子不要变灰色，又不要变红色。至于为人不可太瘦，则到香港才省悟，先前是梦里也未曾想到的。”

文章最后写道：“香港虽只一岛，却活画着中国许多地方现在和将来的小照：中央几位洋主子，手下是若干颂德的‘高等华人’和一伙作伥的奴气同胞。此外即全是默默吃苦的‘土人’，能耐的死在洋场上，耐不住的逃入深山中，苗瑶是我们的前辈。”

当年香港给鲁迅的印象实在是糟透了，以至于五年后的1932年，在上海的鲁迅对中国现状之失望让他在《三闲集》自序里再次提起香港：“但现在是这样的香港几乎要遍中国了。”

90年过去了，倘若鲁迅看到现在的香港，会作何感想呢？

强烈好奇中！

很多时候，很多事情，让我们重温鲁迅吧，他总能让你用另一种眼光来关照这“解不开的难题”。这算我的经验之谈吧。

另一方面，我们什么时候能不提鲁迅呢？

19世纪90年代都柏林的一天

欢迎来到都柏林！

我建议你住在穆尼克太太在哈威克街开的一家公寓。公寓收费合理，每周十五个先令，免费提供膳食，但不包括啤酒。这家公寓有不少你这样的外地旅客，来自利物浦和曼岛的较多，偶尔也有从音乐厅来的“艺术家”。长期房客都是在城里的小职员。

星期天晚上，公寓前厅里有联欢会，音乐厅的“艺术家”们爱来义演，演奏华尔兹和波尔卡，或为歌者伴奏。

我想，这是初夏一个晴朗的星期天早晨，天气可能会变得很热，但有一股清新的微风吹来。公寓里的窗子全都打开了，在推起的窗扉下面，带花边的窗帘微微隆起，像气球似的向街上飘舞。乔治教堂的钟楼传出一连串的钟声，信徒们有的单人独行，有的三五成群，穿过教堂前的圆形小广场。

一楼前厅里的早餐刚刚结束，桌子上杯盘狼藉，盘子上留着蛋黄的缕缕痕迹和一片片熏肥肉及肉皮。女仆玛丽把吃剩的面包皮和碎片收集起来，以便用来做星期二的面包布丁。

你房间的壁炉台上面会有一个小镀金闹钟。还有几本书，它们是：瓦尔特·司各特的《修道院长》，李顿勋爵的《虔诚的圣餐接受者》和《维多克回忆录》。还有一本拜伦诗集。

你的床头会有一份《雷诺兹报》。

我建议你去码头走走。你最好沿着大不列颠街街道朝阳的一边慢慢走，边走边看商店橱窗里的各种戏剧广告。你会经过一家极普通的小店，店名也普通到不能再普通，就叫“布匹服装店”，店里主要经营儿童毛线鞋和雨伞。橱窗里还挂着一块告示牌，上面写着：“修补雨伞”。

你来到运河桥上。天气温和，阳光明媚。你坐在桥栏杆上看着驯顺的马拉着满满一车干活的人上山。路边高大的树上，树枝都长出淡绿色的嫩叶，充满了勃勃生机，阳光穿过树枝和嫩叶斜照在水面上。你屁股下的花岗石开始变热。

你起身沿着北岸路走去，一直走到硫酸厂，然后向右拐，走上码头路。

接着你走到了河边，喧闹的大街两旁矗立着高高的石墙。你驻足看了好久吊车工作，看久了，吊车司机们冲你粗鲁地吆喝着什么。

但你不会介意。你愉快地欣赏着都柏林码头的繁忙——远处大船的烟囱里冒着滚滚黑烟，伦德森外面有一队棕色的渔船，还有巨大的白色帆船正在对面码头卸货，旁边人说那是挪威帆船，你想仔细看看卸货的船员是否像人们说的长着绿色的眼睛，但是……他们的眼睛是蓝色的，还有灰色的，甚至有的是黑色的。

你离开码头向城里走。天气变得闷热，杂货店的橱窗里，摆放太久的饼干颜色已经发白。你买了一些饼干和巧克力，你一边吃一边在肮脏的街上闲逛，街两边住的是渔民。买不到牛奶，你便在一家小铺里买了一瓶山莓柠檬水。

你回到了都柏林市区。都柏林街道是那种它特有的褐色。你走在巴格特街上。你的脚步沿着混凝土的人行道哒哒作响，然后又咯吱咯吱地走在红色新房前的煤渣路上。

你走上了凯普尔大街。你经过市政厅，然后是威斯特摩兰街。你路过伊根酒店，都柏林的小伙子们常来这里打台球赌钱。你经过城市商场，然后上了戴姆街。戴姆街上十分繁忙，汽车司机的鸣笛声响成一片，不耐烦的电车司机把开道锣敲得叮叮当当。

你走进一座耶稣会教堂。教堂里的灯光照亮了一大片黑衣白领，间或有一些花呢子衣服，灯光还照亮了大理石柱子上斑驳的暗点，照亮了阴郁的油画。衣冠楚楚的绅士们坐在长凳上，把他们的裤管微微拉起，将帽子平稳地放在膝盖上。他们的身体尽可能笔直地后仰，一本正经地凝望着远处悬在祭坛前面的点点红灯。

讲坛上的神父穿着白色法衣，他的身子有三分之二露在坛栏上面，他有一张硕大的红脸。他在讲解《圣经》。

你走出教堂。你经过谢尔本旅馆，然后上了格拉夫顿大街。在这条街上你可能会与一个都柏林愤青交错而过，几十年后，他的身形会定格在这里变为塑像，他叫詹姆斯·乔伊斯。

已近中午，你在一家小馆窗前停下。馆子非常简陋，窗子上面有块白色招牌“快餐酒吧”。窗玻璃上写着两行草体字：“姜汁啤酒”和“姜汁汽水”。窗子里面一个大蓝盘子里放着切好的火腿，旁边的一个篮子里盛着一块薄薄的葡萄干布丁。

你走进小馆。你坐在一张没有桌布的木桌旁，一个邋遢的女招待过来为你服务。

你说，来一盘豌豆，再来一瓶姜汁啤酒。

没一会，女招待端来一盘加了胡椒和醋的热豌豆，一把叉子和一瓶姜汁啤酒。

你没有吃饱。你并不想在这儿饱餐一顿。你离开小馆。

你走上巴格特大街。在伊莱广场的角上，你靠在路灯杆上抽了根烟。

你沿纳索街走着，然后转上基代尔大街。你路过唐尼斯糕点店，你去丹·勃克餐馆吃午饭，你先要了一瓶淡啤酒加一小盘藕粉饼干。你又要了一瓶啤酒，这瓶你喝得很慢。你凝视着窗外——忽然间，就到了傍晚时分，季节也马上切换到秋冬时节。

窗外，晚秋落日的余晖照耀着草坪和小路，衣着邋遢的保姆和在长凳上昏昏欲睡的老人沐浴在暗红色的霞光里，这余晖在所有移动的人身上摇曳闪烁——包括沿着沙路奔跑呼叫的孩子。

你从丹·勃克餐馆出来。虽然已是日落之后，但所有房子朝西的窗玻璃上，仍然映照着一片红金色的云霞。

你从王室法学会那座带有封建色彩的拱门下走出，你整洁而谦和地沿着亨利埃塔大街走去。

金色的落日渐渐隐去，天气开始转凉。一群肮脏的孩子占据了街头。他们站在马路上或者在马路上奔跑，或者在敞着门的门前台阶上爬来爬去，或者像耗子一样蹲在门槛上。

由于是星期天，街道上到处是盛装的人群。街灯像发光的珍珠。

水站钟底下站着个挺不错的娘们。

这些南城的姑娘，在等待男人们带她们坐电车出去耍，去听音乐，去剧院看戏，或给她们买些巧克力和糖果。

你沿着三一学院的栏杆走过时，在离俱乐部门廊不远的地方，一个弹竖琴的人站在街边，正对着一小圈听众弹琴。他漫不经心地拨弄着琴弦，不时朝新来的听众瞥上一眼，然后就懒洋洋地望着天空。他的一只手在低音弦上弹出《啊，安静，莫伊尔》，另一只手在每组音之后便在高音弦上疾驰。曲调深沉圆润。

哀伤的音乐在你身后回荡。

在休姆街拐角，站着一位年轻女子，她身穿蓝色的衣服，戴一顶白色的水手帽。她站在石头马路沿上，一只手里晃着把阳伞。

这时，一股浓郁的香气袭来，一个妙龄女郎与你擦肩而过，她穿着假日盛装。蓝色的哔叽裙子在腰部用一条黑皮带系住，腰带上的大银扣子深陷她细细的腰身。她穿着薄薄的白色上衣，外罩一件镶着螺钿扣子的黑色短外衣，脖子上围着一条黑色围巾，胸前别着一大束红花。

经过外科医学院的大钟，它正好敲响七点。瞬间，房子都变得黑黢黢的，头上的天空是千变万化的紫罗兰色，街灯光线微弱。寒气袭人。

快到阿拉比市场的时候，你被醉汉和讨价还价的妇女挤来挤去，人群熙熙攘攘，下班的工人满嘴脏话地咒骂一切，守立在猪头肉桶旁的店伙计尖声吆喝，街头卖唱者用带鼻音的腔调唱着关于奥多诺万·罗萨的《大家一起来》，或者关于爱尔兰动乱的民谣。煤气灯照耀的街道如同白昼。

阿拉比，那是阿拉伯人开的一个非常壮观的市场。

你沿着白金汉街继续走。你走到街口的拐角，进一个门廊，来到奥尼尔酒店的私室。来杯黑啤酒，你说，然后你又要了一粒茴蒿仔。你渴望去一家像样的酒吧度过这个夜晚，在明亮的煤气灯下，觥筹交错，开怀畅饮。

你喝完黑啤酒，走出奥尼尔酒店，你要去最好的酒吧——考莱斯酒店。你听说都柏林人看完戏常去那里吃牡蛎喝酒，听说那儿的服务员讲法语和德语。每当夜晚，都会有络绎不绝的出租车停在考莱斯门口，浓妆艳抹的女人，在男士的殷勤陪伴下，从车里下来转身便走了进去。她们穿着鲜艳刺目的衣服，配着多种多样的衣饰。她们的脸上敷着粉，脚刚一落地便提起曳地的长裙，像受了惊吓的阿塔兰达公主。

你路过格兰登桥时，俯视河水流向低处的码头，你对那些简陋矮小的房屋顿生怜悯。

在威斯特摩兰大街，人行道上拥挤着下了班的青年男女，衣衫褴褛的报童跑来跑去，吆喝着各种晚报的名称。耳边是有轨电车的叮当声和无轨电车的嗖嗖声。

对了，你应该有一根坚实的榛木拐杖，好让你有规律地敲打着地面。你还应该戴着一顶体面的丝织礼帽，穿一双有绑腿的高筒靴。你的兜里应该露出半份淡黄色的《邮报》纸边。

考莱斯酒店里坐满了人。你靠着柜台，叉开腿站着。一份半杯的麦芽威士忌，你说。不加苏打水，不加锂盐矿泉水，要纯的，你又说。你身边坐着位中年妇女，她帽子上的大黑羽毛不时地颤动。她在喝一种又热又甜又烈的女用混合酒。

你的杯子很快就空了。再来杯毒酒（一种烈性威士忌，形容人们喝完后会干出各种出格乃至疯狂的事），你再说。

你听到有人对酒保说来一小杯加苏打水的爱尔兰威士忌。还有人吆喝着告诉酒保要喝热的。几个年轻人在围桌喝蛇麻子苦啤酒（即大量添加啤酒花以增加苦度延长保质期的啤酒。蛇麻子，俗称啤酒花）。两位绅士也在喝威士忌，他们的小桌上是带玻璃塞子的细颈酒瓶。

你另一侧不远处一位年轻女子一直在喝柠檬水，她的外貌楚楚动人，一条孔雀蓝薄纱大头巾围着她的帽子，在颏下绾成一个大蝴蝶结。她戴着一副明黄色手套，一直延长到肘部。当她离去时不小心碰到了你的椅子，她用伦敦音对你说："Oh，I'm sorry。"

你在想，是否去苏格兰酒家继续喝。那里彻夜挤满了顾客，人声喧闹，碰杯声响成一片。门口叫卖火柴的小贩围着每一位客人，挥之不去。

此刻，每年一度的莫肯家小姐的宴会正进入高潮。

一只肥肥的棕颜色烤鹅摆在长桌的一端；另一端，在一张点缀着荷兰芹小枝叶的皱纹纸垫上，摆着一只大火腿，外皮已经去掉，上面撒满了面包屑，胫骨处套着一圈整洁的牛皮纸，旁边是一块加过香料的牛肉。在这两道主菜之间，平行摆着一排排配菜：两盘堆得像小教堂似的果子冻，一盘是黄的，一盘是红的；一只浅盘装满一块块鱼胶凉粉和果子酱；一个绿色叶型大盘里摆着一团团紫色葡萄干和去了皮的杏仁，另一只同样的盘子里是堆成一个坚实长方形的士麦那无花果；一个盘子里盛蛋糕，顶上撒满了豆蔻；一只小碗装满了用金银纸包着的巧克力和糖果；还有一个玻璃瓶，里面插着紧紧一簇的芹菜茎。桌子正中放着两个矮胖的旧式刻花玻璃酒瓶，一个盛着白葡萄酒，一个盛着红葡萄酒，它们像卫兵似的守着一个果盘，盘子里装着堆成金字塔形状的橙子和美洲苹果。旁边盖着盖的方形钢琴上，摆着一个黄色大盘，里面盛满了等待自取的布丁；它后面是三排酒水：黑啤酒、淡啤酒和矿泉水，依照瓶子颜色排列，前两排是黑的，分别带有棕色和红色商标，第三排是透明的，瓶子上系着绿色丝带。

一个年轻力壮的绅士大模大样地在有肥鹅的桌首就座，他右手持刀查看了一下刀锋，随即左手把叉子牢牢地插进了鹅肉里。感觉他心情不错，看起来是个切肉的行家里手。

女仆端着一盘用白餐巾裹着的热乎乎的土豆泥分送到每位客人面前。有人建议给鹅肉浇上苹果酱，有人则说没有苹果酱的纯鹅肉更好。

切鹅的绅士问谁想要俗人常吃的鹅下水，别不好意思请说哈。

最终，你还是决定去海边。

你半醉中离开考莱斯酒店。经过查普利泽德桥头酒馆，你不由自主又钻了进去。你要了一杯热的调和酒。店主殷勤地招待你，店里有五六个工人，正在议论一位绅士在基尔代尔县的产业价值，他们不时端起巨大的玻璃杯灌酒，不停地抽烟，经常把痰吐到地上，有人还用他们厚重的靴子在地上扫些木屑把痰盖住。你注视着他们，过了一会他们走了。你又要了一杯调和酒。店里变得非常安静。老板懒洋洋地靠在柜台上，一边读《先锋报》一边打哈欠。时而听到一辆电车在外面冷清的路上飕飕驶过。

你乘坐开往桑德芒的单节电车来到海边。

这是个晴朗的夜晚，海湾躺在你的脚下，像一面变黑了的镜子……

19 世纪 90 年代都柏林一日游到此结束。

谢谢詹姆斯·乔伊斯，20 世纪最伟大的现代主义作家之一。

必要的说明是，乔伊斯笔下的都柏林，与我带你游览了一天的都柏林，很可能南辕北辙。

19 世纪 90 年代的爱尔兰自并入大英帝国近 100 年来，正步入它最衰败的时期，曾经在不列颠帝国排名第二、欧洲排名第五的大都市都柏林，如今贫民窟遍布。肮脏的运河两岸处处是破败的茅棚，垃圾遍地，臭气熏天，痢疾、伤寒、霍乱滋生，结核病是常见病。在阴雨天，黑色的污水从铺路石下喷射而出，时人称之“亲爱的肮脏的都柏林”。

乔伊斯不仅仅要将这个城市的肮脏定格下来，他真正的意图是：“写我国的道德历史，我选择都柏林作为地点，因为这个城市处于麻木状态的核心……”乔伊斯曾开玩笑说，整个欧洲大陆的狂躁都是梅毒害的，而都柏林正是一个巨大的梅毒巢穴。

1904 年，22 岁的乔伊斯携认识不到四个月的女友娜拉离开都柏林，先前往苏黎世，后辗转至海滨城市迪里亚斯特。此后乔伊斯一直在欧洲大陆颠沛流离，直至 1941 年在苏黎世去世，其间只有两次短暂地回到爱尔兰。

在《一个青年艺术家的画像》结尾，乔伊斯说：“我不会服务于那些我不再相信的东西，不管你称之为我的家庭，我的祖国，还是我的宗教。”这就是乔伊斯，一个严重恐婚症患者（他与娜拉直至 1931 年才结婚），一个无政府主义者，一个叛教者。

然而，与他同时代的作家（海明威、菲兹杰拉德、庞德）不同，乔伊斯没有将他的小说变成流动的盛宴——从纽约到伦敦，到巴黎，到马德里，再回到芝加哥、迈阿密……乔伊斯的所有小说写的都是都柏林，这绝非偶然。除了他自嘲说“出了都柏林 30 英里我就会迷路”以外，爱尔兰那多灾多难的独特历史遭遇不可能没有影响。

几乎乔伊斯所有作品的出版都历经磨难。《都柏林人》从完成到出版就经历了十年，一个原因是出版商担心这本书会激怒爱尔兰人。

伟大的作品总是浑然天成牵一发而动全身的，这也是它们很难被成功改编为影视作品的原因。更不要说，把它改成旅游手册了。

（《都柏林人》，詹姆斯·乔伊斯著，王逢振译）

太宰治的最后三天

一

1948年6月11日。东京三鹰。

谁也没想到此时太宰治的生命真的已经进入了倒计时。对于将满39岁的他来说，生命就像一颗随时要爆掉的定时炸弹，他那不安分的手动不动就会按下引爆按钮，此前这样的倒计时发生过多次，但每次嘀嗒声停止，都是让世人虚惊一场。他连自杀这种事都搞不定。据自杀问题研究专家说，自杀确实不是件容易搞定的事。

此前太宰治的四次自杀（造成影响登了报的），留给他自己的，是脖子上的一道难以消退的红印，衰弱的身体以及神经。最严重的恶果是其中 21 岁的那次自杀让与他一起“殉情”的 19 岁银座咖啡馆女招待田部阿滋弥命丧黄泉。

6 月 11 日这天没有具体的史料记载。能够确定的是，此时的太宰治仍在喝酒,也仍在写作。刚刚完成不久的《人间失格》第二手记正在《展望》杂志连载，正在创作中的 *Goodbye* 同时在《朝日新闻》上连载。《太宰治全集》从四月开始由八云书店分卷推出。自从去年《斜阳》发表和出版以来，早已奠定日本一线作家的太宰治更成了被文艺青年追捧的人气明星，三岛由纪夫在回忆中说，青年们简直为太宰治发狂。这让三岛很是不爽。

除此之外，都是坏消息。

从年初开始，他的肺结核开始恶化，时不时会咯血，双颊越来越凹陷。

收到了比预想的多得多的课税通知,原本就入不敷出的他,经济状况几近崩溃。

一反常态（拼命制造愉快气氛与令读者可心的服务）发表《如是我闻》，得罪众多文坛大佬。一周前刚刚口述完成《如是我闻》的第四章，记录者是新潮社编辑野平建一，他也是《斜阳》的责编。

这还不包括有可能最令人烦心的家务事。去年，太宰治的两个女儿相继出生，一个是与夫人石原美知子生的三女津岛里子，一个是与情人太田静子（《斜阳》的原型）生的太田治子。次男正树天生身体和智力发育不全。太宰曾透露过想抱着正树跳玉川上水。

为了不想写作被干扰，太宰治从去年开始就在离家约一公里的三鹰站旁边租了一间工作室，工作室密不告人（包括家人，除了若松屋老板）。在这里他创作了《维庸之妻》等。工作室的主人是一位早出晚归的银行女白领，太宰治租下的时间段是每天上午九点到下午三点，三点后，太宰治结束工作回家，但这一公里的回家之路，他经常要“走”好久，“回家的路上经常会被关东煮小摊等吸引，到家时已是深夜”。有时（越来越多的时候），干脆就睡到了朋友家，或者情人山崎富荣的租处。

也有说法是，这时陪伴在太宰治身边的山崎富荣越来越把太宰治视为“我的”，不许别人见，包括约稿的报社编辑。

我想，1948年6月11日这天下午三点，太宰治离开工作室，溜达到三鹰站往南不远桥旁的若松鳗鱼屋，他会在这里喝啤酒，和年轻的老板聊天，这位老板也是太宰治的通讯员，太宰治经常把找他的朋友约到这里，若太宰治不在，年轻的老板会骑脚踏车去叫他。一年前，太田静子怀着太宰治的孩子来三鹰，就是先在这里与太宰治碰头，多年后静子回忆：“到达三鹰的时候应该已经四点左右了吧。鳗鱼屋那边没有看到他。那位年轻的老板心里明白似的点点头，骑脚踏车去帮我把他给叫来了。他看起来很累的样子，甚至有点面黄肌瘦。他穿着 serge 上衣和灰色长裤，拖着木屐。我们喝了一瓶啤酒后离开鳗鱼屋……”这是他们最后一次会面。

1948 年 6 月 11 日这天，他们的女儿太田治子已经半岁多了。太宰治只见过静子给他寄的女儿照片。太宰治的朋友，《斜阳》的出版编辑野原一夫曾经提议让太宰去见治子，抱一抱她。太宰说，富荣说她带着青酸呢（即氰酸钾，安眠药制剂，当时药店可以买到），一旦做了奇怪的事情，立刻就喝。野原从大学时代起就是太宰治的崇拜者，后来毕生研究太宰治。

离鳗鱼屋不远，有一家叫“堇”的小料理屋。这里也是太宰治经常去的地方。不过，去得最多的是一家叫“千草”的小店，太宰治还曾在小店二层写作，山崎富荣就在“千草”对面隔了一条街租了一间六叠大的房间。

去年太宰治带太田静子从鳗鱼屋出来就去“千草”与一帮朋友喝酒，席间太宰治说山崎富荣家里有瓶威士忌不错，山崎富荣麻利儿就取了过来。据说山崎富荣给人的印象就是慌慌张张有点没头没脑，太宰治给她起了个外号“小飒”。小飒高度近视，但因为太宰治不喜欢戴眼镜的女性，所以和太宰在一起总是把眼镜收起来，搞得她总爱跌跤。

当然，山崎富荣给人印象最深的是，她经常当众说“要是能陪太宰一起死就好了”。

从 6 月 8 日开始，太宰治就没回过家，除了 12 日去大宫找古田晁，其他朋友以及出版社编辑也没人见过他。这并不常见。这些天除了写作、喝酒以及山崎富荣的陪伴，都发生了什么呢？

2018 年 5 月 22 日。早晨 5 点，东京。

10 分钟前我就醒了，上了趟卫生间，忽然发现这不是在北京的家里，而是在东京三鹰市的酒店里，原本就睡眠不佳的我心想八成睡不着了。

昨晚在羽田机场落地，又倒了两次地铁到达三鹰市，成年后的太宰治大部分时间都住在这里。这次来日本，是为了拍一部叫《三味线——寻找太宰治》的纪录片。此行四人，除了我，还有老狼，还有导演兼摄像唐大年，还有一个叫李昊的小伙子做翻译兼向导。昨晚李昊教了我几句简单日语，我利用谐音只记住一句——“死你妈仨”：抱歉，对不起，劳驾，麻烦一下，借光，请问，打搅啦，不好意思……

“死你妈仨”，这位被很多人视作二流作家的太宰治，却是我的最爱。

这也是我第一次来日本，日本应该也是我最喜爱的一个国家，或多或少是因为太宰治吧，应该叫“爱乌及屋”。据说乌鸦是日本的国鸟，被视为神的使者，人死之时有乌鸦徘徊是吉祥的象征。这与中国正相反。

这个片子，除了寻访太宰治当年的生活轨迹，我本人还有一个任务，就是自杀。不止一个朋友跟我说，你那么喜欢太宰治，他一生无数次自杀，你却一次也没有。制片人张弛跟我说，这次去日本，你把这事儿办了。我诺诺。我心里竟然没有完全把这当成玩笑。我 ×，危险啊。

来日本前，在北京的生活也确实出现了不少问题，工作上，经济上，频亮红灯。

楼下三鹰的街头静悄悄的。太阳还没升起来。如今三鹰市是东京的一个卫星城，多数人白天在东京上班，晚上回来住，上面提到的太宰治工作室的女房东算是这方面的先驱了。与北京这样的卫星城（天通苑、燕郊）不同的是，这里没有高层建筑，从我住的酒店四层的窗口望出去，是大片条分缕析干净整洁的街区，以二层小楼为主。

酒店房间里有我昨晚在楼下 Family Mart 买的啤酒和清酒。

日本啤酒超级好喝，可惜对于我虚弱的胃来说，没有常温的是个问题。昨晚在超市我从冰柜里抽出一听麒麟，用生硬的英语跟那位印度裔店员说："死你妈仨，Do you have warm？"我还用了"ususlly temperature,no cood"等，那印度哥们儿终于明白了，跑到贮藏间一通翻箱倒柜，半天出来对我耸耸肩。我只得买了一堆凉啤酒和两小瓶常温清酒。超市门口有两个小伙子守着垃圾桶抽烟喝酒，很嗨的样子，若不是大年、老狼他们还在旁边的小饭馆等我，我真有心加入。

此刻，晨光里，啤酒已经常温了，我又去卫生间水池用热水泡了一会儿。我点了根烟，打开一听麒麟喝了起来。我住的是酒店的吸烟层。当年太宰治早起经常开一瓶麒麟喝。

71年前太宰治与太田静子最后的那次会面,头晚在“千草”喝完后，又转场到“SUMIRE”，喝大后，太宰治与山崎富荣等分手,带着太田静子和野原在画家樱井滨江的画室过了一夜。在酒局上，太宰治对野原耳语“今晚你不要离开我”。第二天起来，下雨了，太宰治冒雨出去买了几瓶啤酒，回来一直喝到傍晚，边喝边给太田静子画了张像。太宰治喜欢在酒后写写画画，都是一气呵成，所谓“席画”。他年轻时的理想是当画家。

三鹰的太阳升起来了。东京的空气是透明的,太阳一出来，所有建筑、树木的黑色的影子都清晰地印在地上。这在北京是看不到的。楼下有送孩子的校车了。又过了不久，有西服革履三五成群的上班族了。

这一天阳光明媚，上午去了“太宰治文学沙龙”，当年的伊势元酒店，太宰治曾在这里住过。下午太累回来睡了会儿。傍晚去了禅林寺太宰治墓地。在墓地我献祭了一小瓶清酒，点燃了一根烟，念了一段《斜阳》。这之间我一直在喝酒。

太宰治死后第二年，他的弟子田中英光就在这墓前自杀，据说是喝了大量威士忌,吞了300片安眠药（20片即可致命），再割腕，其追随老师而去的决绝可见一斑。也难怪，之前他曾在太宰治的自杀地玉川上水自杀，但被人拦了下来。

我没自杀，连念头也没有。我们离开墓地时天已经黑了，墓地早就关了，我们被锁在了卷帘门内，翻译李昊吓坏了，一脑门子汗珠，我却很心安。李昊透过对讲器叽里呱啦一番，卷帘门开了。

二

1948年6月12日。东京三鹰。

这一天太宰治下午一个人去大宫找筑摩书房的古田晁。古田是太宰治的又一位崇拜者，几年前古田给太宰出了一本选集《千代女》。这书是古田背着社里偷偷出的，据说因为喜欢太宰其人，书稿他看都没看。《千代女》由太宰的好友阿部合成担任装帧。古田支付给阿部50元，是行价的两倍。太宰和阿部就喝酒把钱花了，然后又托阿部夫人写信给古田，希望再付一次装帧费，古田读了信，二话没说又给了夫人50元，然后两人又把这钱喝掉了。

古田对太宰一直超乎寻常地关心。不久前，为了太宰的健康问题，古田拜访了太宰治的恩师井伏鳟二，二人合计让太宰治去富士山的“天下茶屋”休养一年，不写作，远离文坛，每月三次，古田从信州背物资给养给太宰治送去。6月12日这天，古田恰好就是为了这个计划去了信州。

结果这一天太宰治没见到古田，只见到了古田的朋友小野泽。后来小野泽对野原描述了当时的场景。

“古田先生，在吗？”

“他去了信州。明天可能也回不来。”

太宰露出了沮丧的脸色，垂着头伫立良久……

“*Goodbye* 怎么也写不出来啊。烦恼了。”说完太宰治转身走了。

如果那天古田在呢？

从三鹰到大宫约 20 公里，几天没见人的太宰治一个人拖着病体跑这么远到底想说些什么呢？而且没有山崎富荣的陪伴。

若是来寻求安慰，太宰治可以找与他关系更近的野原或就住在三鹰的亀井胜一郎，或是关系同样亲近并深受太宰治敬重的丰岛与志雄。据说古田只对山崎富荣透露了富士山休养计划，或许太宰治听到了这个消息特意背着山崎富荣来阻止古田，这让他想起了早年被井伏鳟二强行送进戒毒医院的痛苦经历？

若是这样，他就没想死，至少没想明天就死。

太宰治这短短的一生，“自杀”快成了他的口头禅了，只有 1939 年到 1945 年这七年还算消停，多数人把这归于他稳定的婚姻（1939 年与中学老师石原美知子结婚），但我认为战争的影响更大。据自杀研究统计资料显示，战争期间自杀率会大幅下降，“二战”时英国下降 15%，德国下降 30%，日本的没找到。据说这显示了这样一种心理力量：“人们忘掉自己的困境，在齐心协力保护自己国家中找到了一个新的目标。”

下面这段是太宰治写到他从广播里听到太平洋战争爆发的那天早上，他看到三鹰站前广场一辆正在等客的旧式马车——“我想坐着这辆马车到银座八丁逛逛。穿上带有我的家纹鹤丸的和服，套上仙台平袴和白足袜，坐这辆马车去银座八丁。啊，近来我每天都带着新郎的感觉活着。”

很多人把这段话视为太宰治为军国主义唱赞歌的例证。我觉得，这一是体现了太宰治虚无（我更愿意称为“自由主义”）的政治立场，但更多是表达了他这样的一种真实心情：不怕事大，天下大乱才好呢。

战后太宰治为自己的辩解是，类似上面的言论，是知道日本必败日本已经疯了不可救药才“故意那么写”。这样的辩解会让多数人感到苍白无力并嗤之以鼻，我觉得这是不能理解太宰治那种独特（或叫病态）的心理——自己的小疯狂被大疯狂淹没之后的某种心安，哪怕这大疯狂有多么邪恶。

1945 年战争结束，太宰治平静的生活也结束了。

他在战争时期的写作文风也为之一变，他最好的作品开始涌现。

他的喝酒又开始失控。

他与女人的关系也愈发无所顾忌。

“自杀”重新成了他的口头禅。喝大后与朋友唱的最多的是重复一句话：“断头台，断头台，咻噜咻噜咻，断头台。”

看太宰治的小说以及别人的回忆文章，太宰治难得有一天不念叨“自杀”，以至于朋友们或多或少把这当成了个笑话。太宰治的好友林芙美子，也是作家兼画家，喜欢算命，去年（1947 年）春天给太宰治看相，预言太宰治 6 月必死，不死的话把自己人头交出来。太宰治便屡屡在酒局上提这个预言，并说，6 月是我讨厌的月份，又潮湿又阴郁，这确是我最想死的月份,但我若没死呢,我也不要你的人头了,就收你来当丫鬟吧。1947 年 6 月过去了,预言没有灵验。6 月底,《斜阳》创作完成。

现在一年过去，又到了 6 月，这次没人预言。前不久,《新思潮》主编中井英夫拜访太宰治，半开玩笑地问他：“你老是说要死要死，到底什么时候才会真正死去？”

太宰治说：“人哪那么容易死啊！”

6 月是东京的梅雨季。12 日这天下雨了。而且雨越下越大。我想很可能就是在这一天,太宰治写下了像是谶语的一幅手迹:池水浑浑浊浊，连紫藤花的倒影也看不见了，雨一直在下……

2018 年 5 月 23 日。

从三鹰坐一站电车到吉祥寺，出站步行 20 分钟就是井之头公园。当年太宰治经常在这里散步。

昭和十八年（1943 年）春天，太宰治把他的弟子堤重久介绍给离婚后一直单身的太田静子，希望两人交往下去，那是位“容貌端正得吓人的美男子”，但静子没感觉。4 月末一个春寒料峭的日子，静子和太宰在井之头公园散步，她感谢了太宰治牵线搭桥的好意，然后说“但我喜欢的是您”。太宰停下脚步，转身面对静子，停了片刻说：“嗯，那太好了。啊，真是太好了。”

今天的井之头公园，笼罩在蒙蒙细雨中。刚才在街上的便利店，我又买了些啤酒和清酒。日本的听装啤酒，除了常规500mL、330mL的，还有200mL、100mL的，这最后一种，攥在手里没人知道是什么，估计是给上班族酒鬼预备的；清酒不仅有各种容量的包装，还有带吸管的纸盒软包，花里胡哨，这么喝酒，猛一看，还以为喝果汁呢。日本人做事就是周到，包括为酒鬼着想。

说到“周到”，想起这两天坐电车总能碰到残疾人，主要是瘸子，拄拐的、不拄拐的，坐轮椅的。我还纳闷，不是说日本人国民素质（包括身体素质）高吗？更别说战争结束已经70多年了，哪来这么多残障人士？细想明白了，在日本，残疾人要拥有跟正常人同样的生活，而且看来他们做到了。

细雨中的井之头公园里人不多，有带孩子的家庭主妇。有一位边走边大喊大叫的中年男子，我起先以为是神经病，翻译说是受压迫的公司职员以这种方式发泄怨气，说在日本公园里这并不少见。果然，当这位大喊大叫的被压迫者即将与我擦身而过时，我掏出《斜阳》大声朗诵起来，男子立马收了声，轻手轻脚从我身边绕了过去。其实我更该念太宰治的《东京八景》，其副标题是——献给天下受苦受难的人们。

我们在湖边坐下来。没有蚊子。乌鸦很多，而且很大，飞得很低，据说在这儿吃零食很容易受到攻击。

我捏着一包清酒慢慢吸吮。这还是我头回这么喝酒。这么喝有一个问题就是，它丧失了对瓶吹或碰杯的那份洒脱和豪迈，我喝了半天总有一种怅然若失的感觉。毕竟喝酒不仅仅是只求一晕，形式、仪轨同样重要。太宰治战争期间写过一篇“戒酒”的文章，主要意思是配给制供酒让喝酒之人变得猥琐下贱，他打算戒了。当然他就那么一说。

太宰治在吃上不怎么讲究，但在喝和穿上，他还是自有一套的，喝的穿的不见得多好，但讲究搭配，绝不随意。比如穿，他有时会特意选择破旧的衣服。他还认为真正的文学家不应该拥有幸福美满的家庭。

70 年前他去找古田未遇，但见到了古田的侄女节子小姐，据她回忆，当时太宰的衣服和自杀时的衣着相同。

三

1948 年 6 月 13 日。

雨一直在下。玉川上水真的变浑浊了。

这一天他还在继续写或者修改 *Goodbye*。这个标题是引用他的老师井伏鳟二的话“只有再见才是人生”，和死亡没有关系。小说内容滑稽幽默，有点像通俗电视剧，或者干脆就是日本动漫脚本，太宰治自己说，这是“我在完成毕生的工作《人间失格》后，卸去重荷，处于轻松心态下的第一作”。还不到39岁的他，创作上还在进行各种尝试。

Goodbye 计划在《朝日新闻》连载80回，现在，他完成了第13回。结尾写到一个叫田岛的混混想和一个姑娘分手，但怕那姑娘凶悍的哥哥教训自己，正苦思良策如何应对。总之，毫无绝笔的迹象。

山崎富荣大概是真想死，至少是随时随地想随太宰治而去。这个比太宰治小10岁号称是日本第一家美容院老板的女儿，有着良好的教养，自从去年喜欢上有夫之妇的太宰治后，跟太宰年轻时爱上艺伎后一样不得不与家族断绝关系。一年来，她在美容院的积蓄（有人算出大约合现在的50万元人民币，当时堪称巨款了）全都花在了太宰身上，包括给太田静子母女的生活费。她在日记里大概写了：看着存款数字渐渐消耗殆尽，反而有了一种不可思议的平静。

据野原一夫的回忆，1947年某日，野原单独拜访山崎富荣，希望她多加关照太宰治的身体，言谈间山崎富荣低着头说：“我有个很要好的朋友，最近我拜托他，希望能把我的骨头和先生埋在一起，即使只有一片也好，他答应我，一定会照办。”野原突然觉得富荣很可怜，为她那甚至充满血腥味的专一感到可怜。

13日这天傍晚，有人看到太宰治和山崎富荣在一家豪华餐馆吃饭，不管二人是不是有意为之，总之这是他们最后的晚餐。至于什么餐馆，则语焉不详。是山崎富荣喜欢的中华料理吗？炸鲤鱼、鱼翅汤、啤酒……还是太宰治偏爱的西餐？牛排、奶酪、面包、威士忌……

之后，他们回到山崎富荣在千草旁边的住处，据濑户内寂听、前田爱《名作中的女性》：当晚山崎富荣在附近的鳗鱼店买了许多鳗鱼肝。老板娘回忆当时情景问她："我说富荣，今晚买的真多啊。她说今晚有事，要补充精力。然后第二天早上就死了，我也没收钱，真没办法，就当作奠仪吧。"

什么事呢？

在山崎富荣的住处，二人又喝到午夜时分，在这里，太宰治和山崎富荣分别留下了遗书，太宰治还留下了给孩子的玩具、给朋友的礼物以及*Goodbye*第13回校订稿。然后二人冒雨出门奔玉川上水而去，平常不及半人深的玉川上水，连续降雨早就没人了……

一周后的6月19日，二人的尸体被打捞了上来，两个人腰间用红布带系在一起，彼此的双手从腋下穿过去抱住对方肩膀。据说山崎富荣呛了不少水，表情有痛苦状，太宰治面色平静，据推测是他喝了更多的酒，并吞了氰酸钾，入水前已处于假死状态。

6月19日也是太宰治生日,后来这一天为了纪念他就叫“樱桃忌”。《樱桃》是太宰治死前不久发表的一篇小说。

2018年5月24日。

早起看微信，单位让我今天下午务必去接受领导训话。我说我病了。感觉北京离我越来越远了，很好。

雨后的三鹰这一天阳光明媚。下午去了叫“Phosphorescence”的太宰治主题咖啡屋兼书店，老板娘叫驮场美雪，她和丈夫都是太宰治书迷。太宰治有篇小说叫*Phosphorescence*，驮场美雪说这是她最喜爱的太宰治小说。我跟美雪聊了两个多小时，她和我都是1966年5月生人，按属相是“午马”。她告诉我太宰治曾跟一个记者说他这辈子跟“午马”最有缘，我问她为什么，她说她也不知道为什么，当时太宰治没说。

关于太宰治与山崎富荣在豪华餐馆最后的晚餐，我就是听美雪说的。她特别关照我,这是太宰治死后诸多流言蜚语之一，只是某人那么一说，真实情况不得而知。

山崎富荣的遗书中有一段说到自己的后事：“其实我真正希望的是，自己的骨头能够葬在太宰的旁边，但是，我知道这是个很自私的愿望。”当年担任太宰治葬仪委员会委员长的丰岛与志雄曾建议为太宰和富荣建一座比翼冢，但现实是，二人自杀后，关于山崎富荣诱使太宰治走向死亡的负面消息不断，这让山崎富荣的父亲山崎晴弘难以面对，最终顶着巨大的压力怀抱女儿的遗骸回到妻子所在的八日市町。几经辗转，但直到山崎晴弘去世，“情死”事件的影响还在，山崎富荣的名字甚至无法刻入家族墓碑。

感觉美雪生活很阳光，不抽烟不喝酒，不知她怎么会喜欢*Phosphorescence*，并以此来命名自己的咖啡馆。phosphorescence 本意是磷光，小说里指无处埋葬的尸体发出的 phosphorescence。太宰治在小说里以它来命名一种世间没有的用来招魂的花。太宰治与山崎富荣结识一个多月后，写了这篇*Phosphorescence*。这是篇充满迷幻气息的作品，小说里的女主角（以山崎富荣为原型）说了这么一句话：“没有墓场的人，真可怜呐。我，瘦了好多。”读到这儿，我不禁倒吸了一口凉气。

离开 Phosphorescence，坐几站公交，来到三鹰站前的玉川上水。此时的玉川上水就是条小溪，最深恐怕也就没腰吧。

我们沿着玉川上水岸边的“风之散步道”走了很远，但奇怪的是没有找到旅行图上标记的太宰治和山崎富荣的入水处“鹿石”，那是一块从太宰治老家青森县移过来的石头。

于是我们坐在夕阳下的玉川上水岸边喝酒，我念了几段《斜阳》，也不知算不算纪念。当年在三鹰，太宰治管静子要她的日记，说一定要为没落贵族写一篇伟大的小说，静子顿时脑子里一片空白，她感到太宰治并不爱她。但就在那天晚上，二人酒后在玉川上水，太宰用和服包着她，激烈地接了吻。

我们在水边坐到天黑，对着摄像机我絮絮叨叨回顾了太宰治的一生，还有太田静子，还有山崎富荣……

当你盯着一个人看久了，你会不认识他/她，我对太宰治经常就处在这样的状态中。我们不可能拥有关于一个人的全息资料，即便是重要史料的缺失也不应苛求，比如太宰治的遗书，是写在废报纸上的九段话，依照遗属的意愿，只公布了2、3、6、9，另外那5段，我既有好奇心，又不想知道。就这样吧，一切到此为止。

真实的太宰治谁也不知道，除了天，我希望如此。

回到三鹰站前霓虹闪烁熙熙攘攘的人流里，我喝得有点多，忽然感到在这个充满灵异的国度里，此刻会不会有一种力量让我彻底离开此间进入另一个空间呢？或者，拜科技之力，就在这里就在此刻，让我彻底穿越到70年前并且不再回来……

出 品 人：许　永
策　　划：文　能
责任编辑：许宗华
特邀编辑：黎福安
封面设计：李双鑫
内文设计：万　雪
印制总监：蒋　波
发行总监：田峰峥
投稿信箱：cmsdbj@163.com
发　　行：北京创美汇品图书有限公司
发行热线：010-59799930

创美工厂
官方微博

创美工厂
微信公众号